UN IMIGRANT

ROMAN POLIȚIST

ROXANA NĂSTASE

SCARLET LEAF

2018

Scarlet Leaf a permis ca acest roman să rămână exact așa cum a intenționat autorul.

PUBLICAT DE SCARLET LEAF

TORONTO, CANADA

Cuprins

Mamei mele

Căreia îi place tot ceea ce scriu

CUPRINS

CAPITOLUL 1 – FELIAT CA UN CURCAN DE ZIUA RECUNOȘTINȚEI

'*Proastă mișcare, măi, Victore,*' îi trecu lui Victor prin minte, iar ochii săi albaștri, tăioși, cercetară umbrele înconjurătoare.

Neliniștea îi palpita în piept, și, fără să își dea seama, își frecă degetele între ele. Îi ardea buza după o țigară și încă rău de tot. Luase hotărârea să se lase de fumat, dar iată că voința îi era pusă la încercare din nou. Nu era ușor să te lași de fumat în profesia sa.

Un presentiment neplăcut îl măcina de când acceptase întâlnirea cu așa numitul informator la Grădina Muzicală. Privirea îi alunecă peste dumbravă încă o dată.

'*Nu-i un loc prea inteligent pentru o întâlnire clandestină,*' mustăci el, privind în jur cu teamă. '*În special, nu atât de aproape de miezul nopții și nu la Sarabandă,*' Victor își scutură capul, nemulțumit de lipsa sa de prevedere. '*Ar fi trebuit să insist să ne vedem la Preludiu sau Minuete,*' își repetă el pentru a zecea oară pe ziua aceea.

Impunătoare în lumina zilei, Sarabanda arăta sumbră în timpul nopții. Lumina lunii, anemică, abia penetrând norii denși și greoi, nu-i era de nici un ajutor.

Meteorologul de serviciu anunțase ploaie din nou, dar Victor renunțase să se mai bazeze pe acuratețea buletinului meteo de ceva vreme. De trei zile, canalul meteo tot anunța furtuni cu fulgere și tunete, dar orașul încă nu văzuse o picătură de ploaie și nu auzise nici măcar un tunet. Călcând pe urmele celei mai fierbinți veri înregistrate vreodată, acel septembrie târziu era sufocant, iar lumea s-ar fi bucurat de ceva ploaie.

Victor se sprijini de cel mai apropiat copac și își verifică buzunarul unde își ascunsese un recorder. Știa că sursei sale nu i-ar fi plăcut să afle că intenționa să-i înregistreze povestirea, dar lui Victor nu-i păsa absolut deloc. În fond, plătea pentru informația oferită, iar dacă plătea, atunci înțelegea să beneficieze pe deplin de ea și să o folosească după cum dorea el.

Neliniștit, stătea cu ochii în patru și urechile ciulite. Știa că din cauza nerăbdării sale de a rezolva cazul nu luase în calcul anumite măsuri de siguranță elementare. Acum, trebuia să compenseze cumva pentru lipsa sa de prevedere, dacă dorea să-și păstreze pielea intactă.

'*Doar o simplă greșeală, și gata te și găsești cu un pas mai aproape de mormânt. Ulciorul nu va merge mereu la apă, Victore*,' reflectă el. '*Sunt mult prea bătrân să risc prostește. La naiba, sunt prea bătrân pentru toată aiureala asta,*' se admonestă el, cu o clipă numai înainte de auzi un trosnet undeva în dreapta sa.

Nici nu întoarse bine capul spre locul de unde venise zgomotul, că un braț puternic îi și înfipse un cuțit în spate. Victor gemu și căzu buștean la pământ. Victor era un bărbat zdravăn, înalt de peste 1,80 și cântărind în jur de 100 kg, iar căderea lui s-a simțit ca un mic cutremur în mica dumbravă.

'Acum chiar sunt terminat,' reflectă el când durerea îi invadă creierul și îi clocoti în piept și în abdomen. *'Feliat exact ca un curcan de Ziua Recunoștinței,'* observă el cu amărăciune.

Degetele i se strânseră în frunzele de pe pământ și când îi ajunse la urechi sunetul unor pași îndepărtându-se, gratitudinea îl invadă. Cel puțin, nu se grăbea nimeni să se asigure că a fost într-adevăr ucis, gândi el, apoi își pierdu cunoștința.

LEAH SE STRÂNSE MAI bine lângă Axel, ca și cum ar fi vrut să fure o parte din căldura lui, deși era destul de cald în noaptea aceea, chiar dacă ușa de la balcon rămăsese deschisă. Brațele lui o înconjurau, iar capul lui se odihnea pe creștetul capului ei. Din când în când, Axel își trecea absent buzele peste părul ei.

Leah se simțea comfortabil, prețuită și, destul de ciudat, protejată. *'Ce naiba! Doar nu am nevoie de protecție, nu-i așa?'* se întrebă ea, împinsă de la spate de o vagă mândrie feministă.

Leah pierduse socoteala serilor și nopților pe care le petrecuse cu Axel. Zilele se adunaseră în săptămâni, iar săptămânile în luni. Ei bine, cam două sau trei luni, plus sau minus o săptămână sau două.

Leah nu dădea nici o atenție filmului de la televizor - era mult mai interesată de mireasma și căldura lui Axel. Închise ochii, respirând adânc, lăsând mirosul lui s-o învăluie, mulțumită că se găsea în brațele lui.

Gândurile lui Axel nu o copleșeau. Acum acest lucru i se părea odihnitor, chiar dacă la început, pentru o scurtă vreme, o deranjase că nu îi putea citi mintea.

Era o schimbare radicală pentru ea să nu poată desluși un gând oarecare în mintea bărbatului cu care se întâlnea. Destul de des, în decursul întâlnirilor cu prietenii sporadici pe care-i avusese, acele gânduri reușiseră să-i strice buna dispoziție.

Cu Axel, necunoscutul era pur și simplu înviorător. Trebuia să facă eforturi să ghicească ce dorea Axel pentru că nu putea ști ce gândea el când o privea. Din cauza acestui efort, era mereu alertă și, ca urmare, devenise din ce în ce mai apropiată de el.

În ciuda acțiunii de pe ecranul televizorului și a exploziilor care răbufneau prin difuzoare, Leah adormi în brațele lui Axel, cu capul pe pieptul lui. Degetele i se împletiseră în cămașa bărbatului, ca și cum ar fi vrut să se lipească și mai mult de el, iar Axel surâse, lăsându-se ușor pe spate pentru a-i vedea chipul.

Axel îi doborâse zidurile de apărare ale lui Leah unul câte unul și nu-i fusese deloc ușor. Nu pentru prima dată se întrebă dacă nu ar trebui să-i mulțumească acelei femei nebune care îl înjunghiase pentru că, după acel eveniment, Leah a avut grijă de el și treptat a început să țină la el, iar pentru el asta era ceea ce conta.

Din nou, Axel își sprijini bărbia pe creștetul lui Leah, și deși Leah îl amuza ochii i se întoarseră la film. Ea fusese cea care alesese acel film sângeros și zgomotos, iar cu toate acestea, adormise.

Respirația ei echilibrată îl relaxă și pe el, iar Axel îi mângâie brațul și umărul cu atingeri tandre. Mintea începu să-i rătăcească, domolită, lipsită de orice tensiune.

Brusc, bărbatul respiră convulsiv, iar brațele i strânseră puternic în jurul trupului lui Leah, care se trezi cu o grimasă de durere pe buze.

-Ce s-a întâmplat, Axel? îl întrebă ea când ochii îi întâlniră privirea fixă a bărbatului.

Axel părea să se holbeze la un punct fix în spațiu.

-Ce s-a întâmplat? întrebă ea din nou, iar de data aceasta, îl și zgudui pentru a se asigura că Axel îi va da atenție.

Axel clipi și o privi confuz un moment, iar apoi își petrecu degetele peste obrazul ei cu tandrețe.

-Trebuie să plecăm acum, Leah, spuse el cu tristețe.

-Să plecăm unde? întrebă ea, iar ochii săi îi trădau confuzia. Ce s-a întâmplat?

-Cineva s-ar putea să moară, replică Axel brusc pe un ton rece.

Ochii lui Leah se rotunjiră, iar buzele i se depărtară ușor din cauza surprizei.

-Acum? îl întrebă ea în șoaptă.

Axel se mulțumi numai să aprobe cu o înclinare a capului.

CAPITOLUL 2 – SOARTEI ÎI PLACE O GLUMĂ BUNĂ

Se părea că de data aceasta, meteorologul de serviciu nu s-a mai înșelat. Fulgerul lumină cerul, iar ploaia biciui chipul lui Victor, care era pe jumătate îngropat în frunzele împrăștiate pe pământul dumbravei.

Gemând sub ploaia rece, Victor începu să se miște și deschise ochii cu efort. Durerea îl asalta de peste tot, dar cu toate acestea, își simțea spatele amorțit, ceea ce i se păru ciudat.

'*Cât de potrivit. Voi muri biciut de ploaie,*' mormăi el cinic, încercând să privească în jur, dar descoperi că privirea îi era încețoșată. '*Cerc complet, hmm?*'

Victor își amintea tot ce-i povestise mama sa în legătură cu nașterea lui. Victor își făcuse intrarea în lume într-un sat mic din Transilvania la sfârșitul lunii septembrie.

'*Mda, încă cinci zile și mi-aș fi sărbătorit ziua de naștere,*' făcu el haz de sine.

Plouase amarnic în noaptea când a apărut el pe lume. Maică-sa mai că nu a reușit să ajungă la noul spital comunal.

Pe vremea aceea, spitalele se găseau în orașele mari, în metropole și capitalele de județe. Micul spital comunal reprezenta un proiect pilot, care nu fusese foarte bine gândit, din păcate.

Dacă era să se ia după cele spuse de maică-sa, Victor nu păruse foarte mulțumit de ambianța spitalului și cu o determinare înnăscută – aceeași determinare care îl va ajuta mai târziu să treacă prin multe încercări de-a lungul vieții, bebelușul și-a făcut nemulțumirea cunoscută țipând din toți rărunchii.

Urletele lui s-au auzit dincolo de pereții secției de maternitate improvizată și le-au făcut pe cele două surori medicale de serviciu să se crispeze. Băiatul avea plămâni buni.

La acea vreme, nu i-a trecut prin minte că numele său va intra în cartea de istorie a micului pâlc de sătuce. Victor a devenit o celebritate în toată regula – primul prunc născut în noul spital construit la poalele muntelui.

'*Oare astea sunt tâmpeniile la care se gândesc oamenii când sunt gata să dea colțul?*' se minună Victor, flexându-și degetele numai ca să se asigure că era încă în viață.

Apoi, Victor își scutură capul. El era un bărbat de acțiune și nu îi stătea în fire să se dea bătut.

Încercă să se miște, dar valurile durerii i se propagară rapid prin tot corpul. Își încleștă dinții, și un șuierat lung îi scăpă de pe buze.

'*Trebuie numai să mă mai odihnesc o clipă,*' trase el concluzia, când durerea i se mai ostoi. '*Apoi mă voi putea mișca, cu siguranță,*' mormăi el cu determinare.

UN IMIGRANT

Indiferent de celelalte caracteristici ale sale, Victor era în primul rând un bărbat hotărât. Când lua o hotărâre, nu-și mai schimba părerea prea ușor și urma cu încăpățânare același fir, chiar dacă finalul nu se dovedea a fi unul fericit. Acum decisese că va trăi, așa că, fără îndoială, va supraviețui.

Își închise ochii și își strânse pumnii. Se va odihni numai o clipă, iar apoi va încerca din nou să se miște.

Între timp, avea timp să-și analizeze viața. Nu avusese timp pentru așa ceva în ultimii douăzeci și doi de ani. Mai întâi mersese la facultate, iar apoi emigrase... O viață de om...

Venise în sfârșit vremea să privească în urmă și să mediteze serios la tot ce-a făcut în viață și unde a ajuns. Oricum, nu era ca și cum ar fi putut să se miște din acel loc ori să facă altceva pe moment.

Viața lui Victor urmase o cale predictibilă în primii săi optsprezece ani de viață. Victor nu fusese niciodată un elev foarte sârguincios, dar era inteligent și, mai mult decât atât, avea o memorie foarte bună.

Era capabil să iasă din orice situație cu ajutorul cuvintelor. Nu se simțea vinovat defel când era nevoit să mintă, ba chiar mințea cu atâta convingere și cu un chip atât de senin, încât oamenii credeau absolut tot ceea ce spunea.

În clasă, profesorii evitau să-i pună întrebări. Încercaseră ei la început, dar și-au învățat lecția destul de rapid.

Victor avea un dar mai deosebit – vorbea repede și în cercuri, astfel că toata lumea, inclusiv profesorii, deveneau confuzi. Nimeni nu mai știa care era răspunsul corect după aceea.

Nu puţini profesori s-au găsit ulterior în situaţia de a căuta un răspuns în manuale după ce au avut plăcerea să discute un anumit subiect cu el. Ajungeau să se îndoiască de propriile lor cunoştinţe.

Oricum, nu era ca şi cum ar fi putut să-l facă să repete anul. Politica vremii era clară – nici un copil nu trebuia lăsat repetent.

Aşa că Victor a promovat an după an, iar în marea parte a timpului, cu note bune. Nu pentru că muncea din greu, ci pentru că pur şi simplu absorbea informaţia ca un burete când participa la ore. Această aptitudine l-a ajutat să fie admis şi în liceu.

În iarna celui de-al treisprezecelea an, lucrurile s-au schimbat, cel puţin la suprafaţă. Schimbarea a venit cu răsunetul revoluţiei, când noi posibilităţi apărură.

Trecerea de la socialism la capitalism a început, iar Victor a simţit că cel din urmă putea creea sau îngropa un om. Văzuse destule filme pe video – acea invenţie fantastică, care îi ostoise fantezia în ultimii doi ani, astfel că avea o oarecare idee despre ce se mai întâmpla prin lume.

Pusese deja ochiii pe câteva afaceri posibile, iar inima îi era şi ea angajată bine în acele prospecte. Cu toate acestea, uitase un lucru important –avea, de asemenea, şi o mamă foarte încăpăţânată. Doar Victor îi semăna ei, până la urmă.

Ca majoritatea oamenilor care trăiau la ţară şi lucrau pământul, Maria Dobrotă avea un singur vis – ca fiul ei să facă o facultate şi să obţină o diplomă.

UN IMIGRANT

După cum se obișnuia să se spună la țară, Maria își dorea ca băiatul ei să devină *domn*. Nu pentru că s-ar fi rușinat cu munca ei, ci pentru că munca de țăran era grea și i-ar fi rupt băiatului spinarea, iar ea dorea ca unicul său fiu să aibă parte de ceva mai bun.

Femeia a refuzat cu hotărâre să asculte cuvintele profesorilor lui, care o sfătuiră să-l trimită la o școală de meserii pentru că liceul era mult prea scump. Băiatul ar fi trebuit să meargă și să trăiască în capitala județului, iar aceea însemna bani pentru cămin și cantină.

S-a luptat cu ei când Victor al ei a terminat școala generală și a trecut examenul pentru prima treaptă de liceu, și s-a luptat cu ei și când a luat examenul de admitere pentru a doua treaptă de liceu.

Era mai mult decât decisă să se lupte cu ei din nou acum și s-a hotărât să plătească pentru meditații numai ca să fie sigură că fiul ei va deveni inginer. Sunetul acelui cuvânt în urechi o îmbăta de mândrie.

'*Oh, mamă, mamă,*' Victor reflectă cu tandrețe. Ea întotdeauna văzuse numai binele din el și mereu l-a împuns să devină cineva.

Victor a încercat să-i schimbe părerea. I-a explicat că timpurile s-au schimbat, iar un inginer nu ar fi avut același prestigiu ca un om de afaceri, dar maică-sa era de neurnit.

Maria Dobrotă nu știa nimic despre afaceri. Dar știa că fiul verișoarei sale era inginer și toată lumea îl respecta, chiar dacă nimeni nu știa precis cu ce se ocupa.

Își dorea ca fiul ei să se bucure de același respect. Visa cu ochii deschiși la ziua când le va povesti oamenilor despre fiul ei, inginerul, cu mândrie.

Victor nu a avut nici o șansă să scape de soarta ce-i fusese decisă. A fost potcovit cu un profesor universitar pentru meditații în schimbul unei hălci bune din venitul părinților lui și din bunurile lor agricole.

Tatăl lui Victor mai mormăia din când în când, dar, în casa lor, maică-sa conducea totul cu un pumn de fier și ce spunea ea era sfânt. Bărbatul își agățase pantalonii în cui în ziua când a luat-o de nevastă, deși era mai înalt decât nevastă-sa cu mai mult de un cap.

Victor a blestemat orele de meditații, iar profesorul a scrâșnit din dinți cu determinare. Chiar dacă Victor îl exaspera, și-a dat toată silința să-l facă pe Victor să învețe algebră, analiză matematică și geometrie. Din fericire, lui Victor îi plăcea matematica.

După ce primele două luni de meditații la matematică au trecut, lui Victor i-a fost prezentat un alt profesor universitar care acceptase să-l mediteze la fizică, unul dintre subiectele care îi displăceau lui Victor cel mai mult. Dacă ar fi fost întrebat ceva din istorie sau literatură, ar fi știut totul despre acel subiect.

În propria lui apărare, bietul om nu a știut la ce se înhăma și făcuse pur și simplu o greșeală de calcul. Nu se gândise ce presupunea avantajul de a avea un student de la țară, care i-ar fi furnizat bunurile pe care nu le putea găsi în oraș la un preț rezonabil.

Nu prevăzuse nici că ar fi trebuit să acopere o bună parte din materie. Elevul său petrecuse anii de școală chiulind de la orele de fizică sau pur și simplu înnebunindu-i pe profesorii săi de fizică când se afla în clasă. Probabil, Victor petrecuse cel mult câteva minute cu manualul de fizică de-a lungul anilor.

UN IMIGRANT

Culmea ironiei, Victor a trecut examenul de admitere la Institutul Politehnic și a devenit student. Și-a găsit numele undeva pe la mijlocul listei cu admiși, dar numele lui era înscris pe listă.

Cu excepția mamei sale, toată lumea și-a scuturat capul cu neîncredere la auzul veștilor. Nici măcar Victor nu crezuse că ar fi fost posibil să stăpânească geometria și fizica destul de bine pentru a fi admis în facultate.

Meditatorii lui își adăugară performanța lui la portofoliile lor. Dacă au reușit ei să-l învețe suficient de mult pentru a fi admis la facultate, atunci puteau să mediteze pe oricine.

'*Evident că intenționau să profite de pe urma acelui succes,*' reflectă Victor. '*Aș fi făcut și eu același lucru, în fond,*' recunoscu el.

Victor încercă să dea din umeri, dar focul durerii i se propagă prin corp, trezind la viață terminații nervoase pe care ar fi preferat să le știe adormite. Încă o dată, scrâșni din dinți.

Ca să uite de durere, Victor se întoarse la trecut. Oricum nu era capabil să se ridice de-acolo și să se ducă altundeva. Onest cu sine însuși, admise că nu ar fi fost în stare nici măcar să se târască și că, de fapt, rămăsese blocat în dumbravă.

În ciuda revoluției, timpuri grele urmau să vină. Aparent, totul s-a schimbat peste noapte. Valorile au fost răsturnate, iar politica și-a arătat chipul hidos. Un tip chiar a spus pe postul național de televiziune că erau necesari cam douăzeci și cinci de ani pentru ca lucrurile să se îndrepte. Nu că Victor ar fi crezut în astfel de profeții făcute ad-hoc. Știa că întotdeauna totul depindea de oameni.

Prețurile aveau tendința să crească continuu. Uitaseră să mai și coboare. Fiecare dimineață aducea câțiva bănuți în plus la prețul pâinii și laptelui. Mulți își pierdeau somnul gândindu-se la asta.

'*Nu și mama,*' zâmbi el, amintindu-și de acel an.

Maică-sa era în al nouălea cer și nici că îi păsa de prețuri. Mergea țanțoșă pe strada principală și acosta lumea fără urmă de ezitare. Era plină de povești privind succesul fiului său.

Destul de curând, sătui să tot audă despre geniul lui Victor, oamenii au învățat să o ocolească. Ori de câte ori se loveau de ea, fugeau repede la colțul străzii sau își aminteau de vizite pe care trebuiau să le facă chiar în acel moment.

Cu toate acestea, unii nu erau destul de iuți de picior și erau obligați să asculte din nou și din nou povestirile ei legate de marea realizare a lui Victor. Evident că oamenii zâmbeau și dădeau din cap aprobator, dar în gând își treceau în revistă cele mai suculente înjurături pe care le știau.

Trăgând adânc în piept mirosul frunzelor umede, Victor își aduse aminte că el pe vremea aceea nu avea nici un fel de griji. Chiar a petrecut și o vară minunată înainte de primul său an de studenție.

Maică-sa a decretat că băiatul a muncit suficient de mult și merita cea mai bună vacanță posibilă înainte de-a merge la facultate pentru a se pregăti pentru cariera vieții sale. Era, în fond, ultima sa vară în care se putea bucura de fiecare zi fără nici o grijă pe umeri.

De asemenea, femeia exulta de fericire și pentru că revoluția pusese capăt stagiului militar obligatoriu. Astfel, Victor al ei nu mai era în situația de a-și sacrifica un an din viață pentru a-l dărui milităriei.

În ciuda durerii resimțite, buzele lui Victor se arcuiră într-un surâs. Încă își mai amintea de acea vară.

Eforturile mamei sale îi dăruiseră o lună de vacanță extraordinară și piperată la mare. În acel an, avusese ocazia să vadă marea pentru prima dată și aceasta l-a fascinat. Nu suficient ca să-l facă să uite de munții lui, dar destul de mult ca să-l facă să viseze la ea din când în când.

La acea vreme, tatăl lui Victor a încercat să îi explice soției sale că totul era prea mult pentru ei. Nu câștigau destui bani și deja își cheltuiseră cea mai mare parte a economiilor strânse cu meditațiile lui Victor. În toamnă, trebuiau să plătească pentru căminul, cantina și cărțile băiatului... Erau multe lucruri care trebuiau luate în considerare.

Victor nu s-ar fi calificat pentru bursă socială, iar cu recordul său școlar, nimeni nu i-ar fi dat alt tip de bursă. Băiatul niciodată nu vânase notele mari.

Acum, la aproape patruzeci de ani, Victor înțelegea îngrijorarea tatălui său. Atunci, însă, fusese mai mult decât fericit să o aibă pe mamă-sa de partea lui.

Femeia pur și simplu și-a astupat urechile și nu a vrut să audă nimic din ce spunea tatăl său. Ea știa numai un lucru: băiatul ei avea nevoie de relaxare și de o recompensă potrivită pentru reușita sa. De aceea, i-a dat lui Victor destui bani ca să-i ajungă pentru o lună întreagă petrecută la mare.

Ea una era fericită. Acum, se considera deja mamă de inginer, de parcă Victor ar fi trecut deja prin cei cinci ani de facultate și ar fi avut examenul de licență în buzunar.

Acea vacanță i-a deschis larg orizontul lui Victor. Aflat pentru prima dată departe de aripa protectoare a mamei sale, Victor a văzut cam ce însemna viața. Anii petrecuți în cămin în timpul liceului nu reușiseră să-l pregătească atât de mult precum acea vacanță.

Victor a pierdut un sfert din banii săi pentru vacanță în prima noapte petrecută pe plajă. Se alăturase unui grup de tineri mai în vârstă ca el, care l-au introdus frumuseții unui joc de cărți pe care nu-l mai jucase înainte — poker. Jocul l-a vrăjit pur și simplu.

Au urmat alte două nopți de pierderi, dar a strâns din dinți cu înverșunare și a perseverat. Mintea sa ascuțită l-a ajutat să absoarbă fiecare regulă și fiecare mișcare.

A patra noapte i-a adus premiul cel mare, iar din acel moment nu s-a mai uitat înapoi. Învățase ceva care îl va ajuta să pună mâncare pe masă și un acoperiș deasupra capului ori de câte ori viața l-ar fi trântit la pământ.

Degetele lui Victor îndepărtară frunzele. Își puse capul pe brațele îndoite, iar un surâs îi încolți în colțul gurii.

Își amintea în detaliu surpriza părinților lui când a încetat să le mai ceară să-i trimită bani. Când a început să le și trimită el bani acasă, au fost mai mult decât uluiți.

Victor încă își mai putea aminti mândria tatălui său când i-a spus că și-a găsit o slujbă. Evident că omul nu avea nici o idee că slujba lui Victor era să le golească buzunarele oamenilor cu bani jucând poker.

Dar cel puțin, jucând poker a reușit să plătească pentru cei cinci ani de cămin, pentru cantină, manuale și toate celelalte cărți pe care și le dorea. Îi plăcea să citească, iar cu banii pe care-i câștiga, putea să-și cumpere acum toate cărțile la care altă dată doar jinduise.

Victor oftă, privind fix în noapte, iar mulțumirea îi sclipi în ochi. Cel puțin a reușit să-l facă fericit pe bătrânul său tată o dată în viață.

Brusc, îi ajunse la urechi ecoul unor pași iuți venind dinspre direcția grădinii Gigue. Trepidând, Victor își ridică capul și se uită fix, fără să clipească, în noapte.

Anxietatea și teama îl încolțiră, iar el împinse cu putere în palmele proptite pe pâmant ca să se poată mișca. Instantaneu, durerea îi radie peste tot spatele, dar, cu determinare, scrâșnind din dinți, continuă să se târască sub un copac. Se simțea de parcă s-ar fi mișcat prin molasă. Fiecare centimetru cucerit îi aducea din ce în ce mai multă sudoare și durere.

'*Cel puțin sunt încă în viață,*' reflectă Victor. '*Dar nu pentru multă vreme dacă nu mă mișc de pe nenorocita asta de cărare,*' mormăi el și împinse mai tare în brațe, strângând din dinți pentru a-și amuți gemetele.

-A căzut undeva pe aici, o voce puternică de bărbat străpunse liniștea.

-Ești sigur? Nu văd pe nimeni, îi replică o voce joasă, dar care clar aparținea unei femei. Îndoiala era evidentă în vocea ei.

Victor se opri și încercă să devină una cu pământul. Știa că acum se găsea în umbră și ei nu-l puteau vedea.

-Îl aud, spuse femeia cu entuziasm, iar Victor se strâmbă.

'*Cum naiba mă poți auzi?*' se întrebă el, iar ochii i se măriră de uluire. Degetele-i săpară în solul dumbravei, ca și cum ar fi vrut să se ancoreze acolo.

'*Nu spun nici o iotă,*' gândi el febril. '*Nu mi-am pierdut mințile într-atât încât să vorbesc fără să-mi dau seama, nu-i așa?*'

-Da, îl aud și eu, replică vocea bărbatului. Și-a păstrat umorul așa că probabil starea lui nu e foarte proastă, remarcă el ironic.

Sprâncenele lui Victor i se ridicară pe frunte. '*Cine naiba sunt oamenii aștia? Mai mult decât atât, ce naiba vor de la mine?*'

-Nu aud pe nimeni altcineva în jur, spuse femeia. Scoate-ți lanterna, spuse ea poruncitor.

'*Parcă ar fi un sergent major,*' mustăci Victor, ascultând cu mare atenție la fiecare sunet pe care cei doi îl făceau.

CAPITOLUL 3 – UNEORI DUMNEZEU ÎȚI PUNE MÂNA ÎN CAP

VICTOR RENUNȚĂ SĂ MAI facă pe mortul în păpușoi când lumina lanternei mătură peste el. Nu-i cunoștea pe cei doi oameni, dar oricum nu existau decât două opțiuni viabile — aceștia fie veniseră să-l salveze, fie să-l termine. Nu exista o a treia posibilitate.

Își ridică capul și scrâșnind din dinți se întoarse spre lumină. Lanterna îl orbi si de data aceasta nu-și putu opri un geamăt.

-E acolo, spuse bărbatul, si se grăbi spre el pentru a îngenunchea lângă Victor. Hei, amice, mai ești cu noi? întrebă el, iar Victor îi simți zâmbetul din voce.

Victor mârâi și dădu din cap scurt. Nu știa dacă mai avea voce sau nu. Ochii lui cercetară chipul bărbatului și, satisfăcut că nu l-a mai văzut niciodată înainte, își lăsă fruntea să-i cadă din nou pe brațele îndoite și închise ochii.

-Este încă în viață? se auzi vocea femeii.

-Da, este. Ce ar trebui să facem acum? întrebă bărbatul, iscând curiozitatea lui Victor.

'*De ce oare îi cere ei părerea?*' se gândi el, iar câteva clipe după aceea, râsul bărbatului umplu aerul.

-Pentru că ea este șefa acum, bărbatul replică cu umor.

Cuvintele lui îl șocară pe Victor și acesta pur și simplu îngheță, ochii lui fixându-se pe Axel. Nici măcar nu putea clipi.

-Uite ce-ai făcut acum, Axel, își admonestă femeia însoțitorul. L-ai înspăimântat.

-Va supraviețui, răspunse Axel pe o voce pragmatică, iar Victor avu impresia distinctă că bărbatul a ridicat din umeri cu nonșalanță.

-Cine sunteți voi, oameni buni? Victor mormăi, incapabil să-și mai țină gura închisă nici măcar pentru un moment.

Avea senzația că a aterizat într-o dimensiune bizară. De data aceasta, era sigur că nu a spus nimic cu voce tare.

Mâna rece a femeii îi îndepărtă părul de pe frunte, alinându-i febra care îi creștea.

-Sunt Leah MacKay. Sunt detectiv, iar acesta este prietenul meu, Axel Arnett, replică ea pe o voce blândă. Voi chema o ambulanță pentru tine, continuă ea.

Femeia încercă să se ridice, dar degetele lui Victor i se încleștară pe încheietura mâinii cu o putere surprinzătoare.

-Nu chema poliția, mormăi Victor.

Își mușcă buzele. Mișcarea bruscă îi eliberase mii de săgeți dureroase de-a lungul șirei spinării și bazinului.

Arnett izbucni într-un râs viguros. Sunetul râsului său îl zgârie pe Victor pe nervi și dacă ar fi avut suficientă putere, l-ar fi pus pe bărbat la pământ cu un pumn bine plasat.

-Îmi pare rău, amice, poliția e deja aici, îi explică Axel vesel, ceea ce îl făcu pe Victor să strângă din dinți din nou.

Cu blândețe, Leah îi desprinse degetele de pe încheietura mâinii ei și își scoase telefonul celular din buzunar. Formă 911 și îi explică operatorului cine era și că avea nevoie de o ambulanță și de echipa sa specială la grădina Sarabanda.

Învins, Victor oftă și-și puse capul pe brațe din nou. O dată, vazuse la televizor o reclamă cu un mic hârciog care tot încerca să iasă dintr-o gaură din pământ numai pentru ca să fie lovit cu un ciocan în cap de fiecare dată. Acum, el era acel hârciog. Pierduse controlul asupra vieții lui. '*Eh, nu e ca și cum ar fi pentru prima dată*,' mustăci el.

Axel Arnett se aplecă de-asupra lui și îi șopti:

-Totul va fi bine, nu-ți fă griji. Ea e cea mai bună.

-De-asta mi-era și teamă, mormăi Victor, făcându-l pe Axel să râdă pe înfundate.

Lui Axel îi plăcea bărbatul și era satisfăcut că ajunseseră la el în timp util. Spera că va supraviețui.

Axel își dăduse seama că Victor era un bărbat puternic și conta pe constituția lui. Nu părea să fie un om care putea fi doborât cu ușurință.

ÎN MAI PUȚIN DE CINCISPREZECE minute, locul colcăia cu oameni. Se părea că detectiva, Leah MacKay, avea destulă influență.

Doi paramedici l-au tot consultat până ce Victor a simțit dorința de a-i pocni zdravăn peste cap și în mod repetat. Doar se afla deja doborât la pământ, așa că nu era necesar ca cei doi să își dea atât de mult silința pentru a-l termina.

În ciuda consultului, paramedicii nu îndepărtaseră cuțitul, care rămăsese înfipt în spatele lui, iar pentru aceea Victor îi mulțumi lui Dumnezeu.

Îi era teamă că dacă i-ar fi scos cuțitul din spate, și-ar fi pierdut cunoștința și simțea că era imperativ să-și păstreze facultățile mentale în funcțiune. Mai mult decât atât, se îndoia că scoaterea cuțitului ar fi fost o idee prea bună.

După ce paramedicii au terminat cu examinarea lui, s-au pregătit să îl ia de-acolo. L-au pus cu fața în jos pe brancarda pe care o aduseseră cu ei, și l-au securizat cât de bine au putut.

Leah, care până atunci își făcuse de treabă lătrând ordine în stânga și în dreapta, se apropie de ei cu pași mari.

-Deci, ce spuneți ? O să fie bine ?

Unul din paramedici dădu din cap afirmativ, dar celălalt, o femeie, doar ridică din umeri.

-Nu știm incă, specifică femeia. Vor trebui să-l examineze la camera de urgențe, dar va supraviețui până ce va ajunge acolo, explică ea pe un ton sec.

Leah dădu din cap că a înțeles, iar apoi i se adresă lui:

-Înainte de a pleca, da-mi numele tău și arată-mi din nou unde exact este locul unde ai fost atacat.

Victor își fixă ochii de un albastru întunecat pe chipul ei. Reflectă la întrebările ei câteva clipe, dar știa că va trebui să-i dea răspunsuri cinstite până la urmă.

-Victor Dobrotă, se prezentă el pe o voce ușor răgușită.

Leah spuse numele pe litere în timp ce îl nota, iar el aprobă maniera în care l-a scris.

-Și exact unde erai când ai fost înjunghiat? repetă ea întrebarea precedentă.

Victor arătă spre marginea dumbravei.

-Chiar acolo, cred. Poate câțiva pași mai în umbră, pentru că nu doream să fiu văzut. Nu că asta mi-a făcut vreun mare bine, mormăi el, vizibil supărat, în mare parte pe el însuși.

Leah îi zâmbi. Înțelegea mânia lui și îl compătimea pentru ce i se întâmplase.

-În regulă, Victor. Acum, du-te la spital și voi veni să te văd acolo după ceva vreme. Este bine așa?

Victor aprobă cu o mișcare scurtă a capului, iar apoi își propti capul pe brațul drept, închizând ochii. Nu era el o violetă ofilită, dar, cu toate acestea, evenimentele nopții îl storseseră de puteri.

VICTOR A SCRÂȘNIT DIN dinți când l-au mutat de pe targă pe patul de la CT-scan. A scâșnit din dinți ceva mai mult când l-au mutat din nou în sala de operații.

După ce l-au anesteziat, scrâșnitul s-a oprit. A întâmpinat cu bucurie întunericul, deși nici jumătate de oră mai devreme se străduise din greu să rămână conștient.

Două ore mai târziu, Victor a deschis ochii încet și s-a regăsit într-o rezervă din secția de terapie intensivă.

'Mda, cam era și timpul să vizitez unul din aceste locuri,' se gândi el cu sarcasm.

Nu mai fusese niciodată în spital, deși preocupările lui de-a lungul vieții de adult ar fi garantat-o de câteva ori.

Victor avusese destule zgaibe și răni de-a lungul copilăriei și mai târziu când era adolescent. Era el lumina ochilor mamei sale, dar aceasta nu însemna că Maria Dobrotă era genul care să-l menajeze sau să-l răsfețe. Mai mult decât atât, mamă-sa nu-i iubea pe doctori prea mult.

Mai târziu în viață, a învățat să nu lase nimic să îl doboare. Deseori și-a ignorat vânătăile sau loviturile și nici măcar vreo câteva contuzii nu l-au făcut să-și oprească activitățile.

Victor privi în jur cu curiozitate vie și văzu că al doilea pat al salonului era gol. Încercă să ridice capul să vadă încăperea mai bine, dar un val de greață i se ridică în gât. Renunță și-și lăsă capul să cadă cu zgomot pe pernă, ceea ce-i făcu ochii să i se rostogolească în cap.

Își simțea gura uscată și-și trecu limba peste dinți, dar nu reuși să scape de senzația de uscăciune. Gâtul îl durea și instinctiv simți nevoia să tușească. Cu toate acestea, nu avea puterea să o facă.

Când ușa se deschise, își ridică capul să vadă cine a intrat în cameră și gemu. Mai întâi încercă să-și miște brațul drept, dar ceva îl ținea pe loc și o ușoară panică i se strecură de-a lungul șirei spinării.

-Lasă-mă să te ajut, veni o voce melodioasă, urmată de pași repezi, înnăbușiți de tălpile cauciucate ale pantofilor pe care-i purta sora medicală.

Aproape se așteptase să vadă un chip angelic care să se potrivească cu vocea. Când femeia îi apăru în raza vizuală, mai că tresări. Sora medicală era urâtă ca păcatul, dar cu toate acestea, ochii ei îl încălziră până în străfundurile sufletului.

Mâna ei răcoroasă îi atinse mai întâi fruntea, iar apoi, femeia îi zâmbi.

-Ridic patul doar un pic, ca să nu mai fie nevoie să ridici capul, da? îi spuse ea, iar Victor clipi.

Nu credea că ar fi putut să-și miște capul fără ca valul de greață să se întoarcă.

-Este posibil să simți ceva greață și uscăciune a gurii pentru o vreme, îi explică ea. Este efectul secundar al anesteziei, dar va trece curând, îl asigură ea.

-Mulțumesc, se simți el obligat să spună, iar vocea îi sună răgușită.

Sora medicală îl bătu ușor pe piept și-i zâmbi din nou.

-Mai odihnește-te încă puțin pentru o vreme. Poliția va veni curând să discute cu tine. Dacă ai nevoie de ceva, gesticulă ea, de exemplu apă sau gheață, doar spune-mi. Vezi butonul acesta de aici? îi arătă ea un buton la care ar fi putut ajunge cu mâna sa stângă. Dacă îl apeși cineva va veni la tine imediat.

-Mulțumesc, spuse el din nou, iar ochii lui o urmăriră până ce a părăsit încăperea.

După ce ușa s-a închis în urma ei, Victor s-a relaxat ușor. Gândindu-se la tot ce urma să se întâmple mai târziu, se decise să mai doarmă un pic. Obosit, adormi în câteva secunde, fără să aibă vreme să mai reflecteze la nimic altceva.

CAPITOLUL 4 – DAREA DE SEAMĂ

VICTOR SE TREZI LA 7:30 când o altă soră medicală intră în rezerva sa de terapie intensivă pentru a-i verifica tensiunea și febra. Când a dat cu ochii de ea, pupilele i s-au dilatat, mulțumit de ce avea în fața ochilor.

'*Asta este o frumusețe, pe bune,*' bărbatul din el zâmbi, interesul fiindu-i ațâțat.

Apoi femeia a deschis gura, iar el a tresărit. Vocea ei atingea note foarte ridicate, ceea ce îl călca pe nervii deja întinși la maximum.

-Suntem bine în dimineața aceasta, hmm? spuse ea cu veselie, iar Victor simți imediat nevoia să-i astupe gura cu ceva ca să o amuțească.

Femeia îi verifică febra și tensiunea, dar în tot acel timp, gura nu-i tăcu nici măcar o clipă. Victor simți începutul unei dureri puternice de cap pulsându-i în creier.

Fericită ca o ciocârlie, ea continuă să ciripească.

-Nu mai avem febră atât de mare ca înainte. Tensiunea este aproape de normal. Da, suntem bine, spuse ea în continuare.

'*Noi... noi...*' Victor mormăi în barbă și se încruntă.

Femeia îi vorbea de parcă ar fi fost un om redus mental. Bărbatul nu-și putea aduce aminte când i s-a întâmplat ca cineva să-i fi vorbit în acel fel ultima oară, dar era mai mult ca sigur că nimeni nu a îndrăznit așa ceva în ultimii săi treizeci și cinci de ani.

Nerăbdător să o vadă plecată, a întrebat-o abrupt:

-Când va veni doctorul?

-Probabil într-o oră sau cam așa ceva, îl mângâie ea ușor pe braț, iar apoi își făcu de lucru cu perfuzia câteva minute. Vom fi cuminți până atunci, nu-i așa?

-Nu știu ce ai tu de gând să faci, se răsti el la ea cu răutate, dar eu intenționez să recuperez din somnul pierdut.

Ochii femeii se rotunjiră auzind tonul vocii lui. Uimită pentru o clipă, ea rămase pironită în același loc, incapabilă să se miște, apoi, își scutură capul, și replică:

-Atunci te las. Dacă ai nevoie de ceva, nu trebuie decât să mă chemi, iar eu voi veni de îndată, încercă ea să-i zâmbească, dar veselia îi dispăruse din ochi.

El dădu scurt din cap, numai ca să o vadă că iese din încăpere. Începuse de altfel să se întrebe dacă femeia nu avea cumva de gând să ducă la bun sfârșit acțiunea începută de atacatorul lui. Nu exista nici o îndoială că se afla pe calea cea bună. Acum capul îi pulsa de durere, iar ochii îi ardeau.

'*Prea devreme în amărâta asta de dimineață să ascult la trăncăneala ta,*' se gândi el.

Ofensată, sora medicală părăsi încăperea cu pași țepeni, iar mersul și ținuta ei îi aminteau de o mătură.

Victor își dădea seama că o supărase, dar nu concepea să admită ca cineva să-l trateze diferit numai pentru că fusese rănit. Fusese el înjunghiat în spate, era adevărat, dar creierul încă îi funcționa.

Mai mult decât atât, Victor niciodată nu petrecuse dimineața cu nimeni de când avusese proasta inspirație de a petrece o scurtă vacanță cu o femeie, în urmă cu vreo zece ani. Mai avea încă coșmaruri ori de câte ori își amintea de acea vacanță.

Victor era obișnuit numai cu propria sa companie înainte de amiază și nu avea nevoie de mai mult de atât. Nu se obosea nici măcar să pornească radioul înainte de a-și fi băut cafeaua și a-și fi luat micul dejun. Îi displăcea cel mai mic zgomot dimineața la prima oră.

Își închise ochii din nou. Se îndoia că va mai adormi, dar trebuia să-și adune gândurile.

Victor își aducea aminte de detectiva care l-a găsit la Sarabandă și știa că aceasta se va întoarce curând pentru a-i pune întrebări. Nu știa cât de mult să dezvăluie din ceea ce știa, mai ales că nu avea suficiente dovezi pentru a-și susține ipotezele.

Mai mult decât atât, se mândrea că întotdeauna termina ceea ce începea. Se temea că dacă ar fi oferit poliției informația pe care o deținea, polițiștii l-ar fi înlăturat din investigație.

În ciuda acelui gând neplăcut, se îndoia totuși că ar fi fost capabil să-și continue propria investigație în zilele următoare, ba chiar mai mult, în următoarele două săptămâni și nu-și dorea să audă că altcineva a murit pentru că el nu fusese capabil să acționeze. Lista victimelor era deja destul de extinsă.

'*Asta este o dilemă,*' reflectă el, iar apoi începu să bată darabana cu degetele pe piept, fără să-și dea seama de preocuparea sa.

Brusc, Victor își aminti de conversația ciudată pe care o avusese cu detectiva și prietenul ei în timpul nopții. Nu-i venea să creadă că cei doi i-au auzit gândurile, dar era convins că nu spusese acele lucruri cu voce tare.

Poziția lui vis-a-vis de existența puterilor paranormale fusese mereu echivocă. Nu-și petrecuse prea mult timp gândindu-se la așa ceva, dar nici nu putea afirma că nu credea faptul că unii oameni dețineau anumite puteri speciale.

'*Probabil ține de puterea de concentrare a fiecăruia,*' medită el ridicând din umeri. '*Oricum, dacă într-adevăr detectiva aceea este capabilă să citească mintea oamenilor, atunci nu are nici o importanță dacă vreau eu să dezvălui ceva sau nu. Oricum va afla tot ce vreau să ascund.*'

Un surâs îi apăru pe buze când imaginea tatălui său îi apăru brusc în minte. Bătrânul Dobrotă nu avea puteri paranormale, dar mereu ghicea ce a făcut Victor sau ce intenționa să facă.

Dorul din piept îl făcu să-și strângă pumnii. În cincisprezece ani, își vizitase părinții numai de șase ori și nu reușise niciodată să-i convingă să vină să-l viziteze.

Cel puțin învățaseră să converseze pe Skype. Victor chicoti când își aminti de discuțiile ce aveau loc între părinții lui în timpul primelor conversații cu ei pe Skype. La vremea aceea, avea dorința să-și smulgă părul din cap, dar acum, găsea acele discuții amuzante.

Fără să-și dea seama, Victor ațipi cu un zâmbet pe buze.

LEAH, URMATĂ DE AXEL, intră în salonul de terapie intensivă. Știa că de fapt încălca procedura permițându-i lui Axel să vină cu ea, dar intenționa să clarifice totul cu șeful poliției mai târziu.

Oricum, poliția se afla deja pe punctul de a-l angaja pe Axel pe poziția de consultant. Diploma lui în psihologie, precum și ajutorul său într-un caz anterior, în care '*citise*' comportamentul persoanelor implicate, pavaseră calea spre acceptarea lui în serviciul poliției.

Datorită '*ajutorului lui ca psiholog*', reușiseră să prindă persoana vinovată și să exonereze inocenții într-o perioadă foarte scurtă de timp.

Evident că șeful poliției nu era la curent cu faptul că Axel deja știuse care era adevărul. În timpul uneia din viziunile lui, îl văzuse pe vinovat luându-i viața victimei. '*Determinase*' restul pentru că pur și simplu citise gândurile indivizilor implicați.

'*Dar desigur, nu am putea să-i spunem asta șefului,*' Leah mustăci. '*Șeful și-ar ieși din pepeni de-a binelea dacă ar auzi așa ceva.*'

Leah nu-l putea lua pe Mark, subordonatul ei, cu ea la spital. Se temea că Victor va divulga ceva din ce se întâmplase cu o seară înainte când ajunseseră la locul atacului și ultimul lucru pe care și-l dorea ea era ca anumite idei să încolțească în mintea lui Mark.

Deja Mark demonstra anumite semne de gelozie bizare vis a vis de Axel. Și nu pentru că ar fi avut el vreun interes în Leah.

Nici nu au închis bine ușa în spatele lor, că Victor se și trezi, privindu-i fix cu precauție.

'*Acesta e un bărbat care are instincte foarte bune,*' îi trecu prin minte lui Leah. '*Mă întreb unde și cum de și le-a șlefuit atât de bine.*'

"Bună dimineața," l-a salutat ea cu un zâmbet în colțul buzelor.

Axel pretinse a-și ridica o pălărie imaginară în fața lui Victor și îi zâmbi.

-Bună dimineața, replică Victor, iar vocea lui îi trădă oboseala.

-Știu că este devreme și că ai nevoie de mai mult timp ca să-ți revi, se scuză Leah după ce aruncă o privire la ceasul de la mână. Am vrut însă să te prindem și pe tine și pe doctor în același timp și știu că doctorul tău ar trebui să facă runda saloanelor cam pe la ora asta, ridică ea din umeri.

-De ce-ai vorbi tu cu doctorul meu? o întrebă Victor pe un ton dur.

Ochii i se îngustaseră de neplăcere. Niciodată nu suferise oamenii care credeau că pot interveni în viața lui, iar intenția detectivei îl zgândăra mai mult decât în mod obișnuit.

-Trebuie să avem grijă de tine, replică ea pe un ton calm, aparent nefiind ofensată de mânia lui. Dacă îți amintești, cineva a tăiat o feliuță din tine seara trecută.

-Bineînțeles că îmi amintesc, mârâi el. Doar sunt prizonier în acest pat de spital, nu-i așa? Nu este ceva ușor de uitat, mormăi el în continuare, iar mânia îi fulgeră în ochi.

Axel mai că rânji când observă sclipirile din ochii albaștri ai bărbatului. Victor nu era un bărbat domesticit și nu suferea cu ușurință ordinele.

-Ești un lup singuratic, nu-i așa?

Întrebarea părăsise gura lui Axel înainte ca el să-și fi dat seama că vorbește. Atât Leah cât și Victor se holbară la el, uimiți peste măsură.

-Ignorați-mă, îi invită Axel cu o ridicare a indiferentă a umerilor. Mi se mai întâmplă uneori să-mi meargă gura fără mine.

-Oricum, oftă Leah dându-și ochii peste cap, hai să ne întoarcem la oile noastre.

Buzele lui Axel zvâcniră și gestul lui îl făcu pe Victor să surâdă, de asemenea.

-Foarte bine, detective, ce vrei să știi? întrebă el.

-Ce s-a întâmplat aseară, de exemplu, spuse Leah îndreptându-și spatele.

-E imposibil să nu fi văzut ce s-a întâmplat aseară, îi replică Victor pe un ton sec. După cum ai remarcat deja, cineva a încercat să mă facă feliuțe.

-Da, aceasta a fost foarte clar, replică ea cu răbdare. Dar de ce? Aceasta-i întrebarea, nu-i așa?

Victor ridică din umeri și nu simți nimic mai mult decât o ușoară durere. '*Cel puțin au medicație bună contra durerii pe-aici,*' reflectă el.

-Nu te juca de-a inocentul, Victor, se răsti ea. Știi de ce.

Victor își îngustă ochii și o reevaluă pe detectivă. Leah MacKay nu arăta deloc rău, dar mai mult decât atât, avea o șiră a spinării de oțel. Privirea ei trecea prin zidul lui protectiv și aceasta nu-i surâdea deloc.

'*Cât de mult ar trebui să mărturisesc?*' Victor căzu pe gânduri, nefiind sigur de ce ar trebui să facă.

-Absolut totul, Victor, remarcă Axel pe un ton sfătos.

Mânios, Victor ridică ochii săi albaștri întunecați spre el, iar Axel remarcă tumultul furtunos din pupilele lui.

-Tu chiar îmi citești gândurile, îl acuză Victor. La fel și ea, spuse el, cu un gest mânios spre Leah.

Netulburat de furia lui Victor, Axel doar ridică din umeri.

-Am crezut că deja am stabilit aceasta seara trecută.

-Atunci de ce să vă mai obosiți să-mi puneți întrebări? replică Victor, iar vocea îi tremura de supărare.

-Pentru că așa este politicos, replică Leah cu blândețe. Aș prefera ca tu să-mi spui cum stau lucrurile. Nu-mi place să invadez gândurile nimănui.

-Ha! o sfidă Victor cu neîncredere.

Până în clipa aceea, nici unul dintre ei nu făcuse nimic altceva decât să-i sondeze mintea.

-Nu, Leah spune adevărul. Nu-i place să tragă cu ochiul în mintea altuia, îi explică Axel. Eu, pe de altă parte, nu am asemenea remușcări. Dacă vreau să aflu un lucru, atunci fac tot posibilul să-l aflu, dădu el din umeri cu indiferență. Știi cum este, în fond. Noi doi suntem același soi de oameni, explică el, fluturându-și mâna între ei doi.

-Nu aș spune asta, replică Victor înfierbântat. Eu unul nu pot să-ți citesc mintea ta afurisită.

-Nu, nu poți. Dar eu vorbeam despre genul de oameni care suntem. Și tu ești un om capabil să facă absolut tot ce este necesar pentru a obține ceea ce vrea, elaboră Axel.

-Hmm, nu te înșeli, răspunse Victor gânditor. Sunt in stare să fac absolut tot ceea ce este necesar...

Victor își coborî privirea, aparent extrem de interesat de liniile palmei sale. Leah îi aruncă o privire întrebătoare lui Axel, iar el îi făcu semn să aibă răbdare.

Axel se îndreptă spre colțul încăperii și se întoarse cu scaunul pe care-l văzuse acolo mai devreme. Îl așeză lângă patul lui Victor și o invită pe Leah să ia loc. El rămase în picioare lângă ea, mâna sa odihnindu-se pe spătarul scaunului.

Victor renunțase să pretindă că ar avea un interes profund în citirea propriei palme și îi urmărea mișcările cu coada ochiului. Când Leah scoase un carnet și un pix din geantă, Victor decise să înceapă să vorbească.

-Bine, voi vorbi, anunță el, dar apoi nu mai spuse nimic, ci așteptă să i se pună întrebări.

Axel rânji când îi înțelese intenția. Își scutură capul și, cu o mișcare a mâinii, îl invită să vorbească.

Victor mai că mârâi, dar până la urmă se supuse. Nu era ca și cum ar fi putut ascunde ceva de cei doi.

-Am avut o întâlnire acolo cu un tip. A spus că are niște informații importante într-unul din cazurile la care lucrez.

-Ce fel de muncă faci? întrebă Leah.

-Sunt investigator privat. De asemenea preiau cazuri de la companiile de asigurări. De fapt, în mare parte a timpului, lucrez pentru companiile de asigurări, își corectă el răspunsul.

-Înțeleg, murmură Leah. Ce fel de caz ai acum?

-O companie a trebuit să plătească un număr de polițe de asigurare de viață a căror clauză pentru accident face ca suma de plătit să crească de zece ori. Poate nimeni nu ar fi băgat de seamă nimic pentru că accidentele au avut loc la intervale variate, dar au avut un audit planificat, iar auditorul a fost intrigat de câteva coincidențe.

-De ce? Oamenii mor în accidente, nu-i așa? Exista vreo legătură între asigurați sau ce? întrebă Leah.

Nu înțelegea de ce se făcea atâta vâlvă dacă morțile nu fuseseră legate una de cealaltă.

-Nu, nu a fost așa, dădu Victor din mână. Omul a observat că polițele fuseseră cumpărate prin același broker. Același tip de poliță, aceleași dispoziții... Polița nu plătește suma asigurată dacă asiguratul decedează din cauza unei boli sau din cauze naturale în timpul primilor doi ani de acoperire. Plătește numai echivalentul primelor plătite de către deținătorul poliței plus zece procente. Cu toate acestea, în cazul unui accident, dispoziția privind cei doi ani nu se mai aplică. Când compania m-a chemat, deja plătiseră pentru șapte polițe care fuseseră cumpărate doar de câteva luni, iar expertul cu auditul continua să sape. Un tip cu tulburare obsesiv compulsivă (TOC), foarte meticulos. L-am întâlnit, spuse Victor gesticulând.

-Și ce vor să faci? întrebă Leah.

-Ei bine, situația nu este atât de simplă, replică Victor. Tipul cu auditul, cunoaște un alt tip care se ocupă cu același lucru la altă companie de asigurări. Bineînțeles, discutăm despre companii mici, preciză Victor ridicând din umeri. Nu cred că cineva ar îndrăzni să se joace astfel cu una dintre companiile mari. Oricum, auditorul de la prima companie l-a rugat pe prietenul lui să verifice polițele emise prin intermediul aceluiași broker. Evident, au găsit cinci, și asta numai pentru anul trecut. Toate persoanele asigurate au decedat în accidente, și toate în mai puțin de șase luni după cumpărarea poliței.

-Despre ce fel de accidente discutăm? interveni Axel pentru prima dată.

-Diverse, își flutură Victor mâna. De la accidente de mașină la electrocutare, căderi pe scări, înnecare, poți alege ce vrei.

-Și ei ți-au cerut să investighezi accidentele? întrebă Leah pentru a avea o imagine mai clară a situației.

-Cel puțin unele dintre ele. Sunt unul singur și nu aș putea sub nici o formă să verific fiecare nenorocit de accident, ridică Victor din umeri. De asemenea, mi-au cerut să anchetez brokerul. Tocmai găsisem un tip dornic să-mi dea informații despre el și de aceea mă aflam în dumbravă seara trecută.

-Cine este tipul? Ai vreun nume? întrebă Leah.

-Da, este unul dintre agenții de asigurări care lucrează pentru brokerul de care v-am spus. Acest agent nu dorea să discute cu mine la lumina zilei sau la telefon. A insistat ca discuția noastră să nu poată fi urmărită sub nici o formă.

-În regulă, dă-mi numele, insistă Leah. Și dă-mi și numele brokerului principal.

-Numele informatorului meu este Lars Gunther, iar numele brokerului principal este Paul Smidgen.

-Vorbești serios? rânji Axel, amuzat de imaginea iscată de cele două nume.

-Axel, îl apostrofă Leah, dar Victor se mulțumi numai să dea din cap.

Leah își scutură capul, iar apoi scoase telefonul mobil din geantă.

-Îl sun pe Mark. Îi voi cere să-l verifice pe informator și să-l aducă la secția de poliție. Le voi cere Annei și lui Josh să adune informații despre domnul Smidgen, le spuse Leah și părăsi încăperea.

Axel se tolăni pe scaunul pe care Leah tocmai îl eliberase și îl întrebă pe Victor:

-Cum de ai devenit investigator privat?

Victor se mulțumi să dea din umeri, dar nu se grăbi să ofere nici un fel de informație de bună voie.

-Haide, nu fi atât de meschin. Spune-mi câte ceva! Sunt sigur că ești un bărbat cu o poveste foarte interesantă, remarcă Axel.

CAPITOLUL 5 – AXEL ESTE CURIOS

VICTOR PUR ȘI SIMPLU se holbă la el. Omul reacționa ca și cum ar fi fost cei mai buni amici, și încă de ani de zile, iar el unul nu înțelegea de ce.

Victor știa că nu era posibil ca el să fi avut nimic care l-ar fi interesat pe Axel. De-a lungul ultimilor cincisprezece ani, nu întâlnise pe nimeni care să-i fi oferit prietenia fără a-i cere ceva în schimb.

Axel își întoarse palmele în sus, implorând să i se spună ceva. Lumina jucăușă din ochii lui îl făcu pe Victor să râdă și să-și lase cinismul la o parte pentru un moment.

-Ce vrei să știi? îl întrebă Victor, bucuros că măcar Axel se gândise să pună întrebări în loc de a-i scotoci gândurile pentru a obține răspunsuri.

-Ce te-a făcut să devii investigator?

Victor dădu din umeri, iar apoi replică:

-Sunt imigrant, doar știi.

-Cel puțin jumătate din țara asta este, spuse Axel cu un semn indiferent al mâinii pentru a arăta că problema nu era deloc importantă.

-Ei bine, unii sunt a doua sau a treia generație, menționă Victor. Presupun că o dată cu trecerea timpului totul devine mai ușor. Dar când am venit aici, am sosit cu anumite așteptări și m-am găsit într-o situație complet diferită.

-Ce vrei să spui? se încruntă Axel neînțelegând.

-Un văr de-al meu a imigrat aici cam cu cinci sau șase ani înaintea mea, iar el s-a lăudat acasă.

-Cu ce?

-Cu viața lui, munca și casa pe care o avea, replică Victor gânditor. Mama mea este genul de femeie care întotdeauna țintește cât mai sus. Dorea ca și eu să am acel tip de viață. Câștigam destul cât să trăiesc acasă, dar eram departe de ceea ce văru-meu spusese că realizase aici. Așa că maică-mea m-a împuns să emigrez și eu, explică el. Și nu i-a fost ușor, poți fi sigur.

-Deci ce s-a întâmplat când ai venit? îl impulsionă Axel pe Victor să continue, chipul său trădându-i atât curiozitatea cât și nerăbdarea să audă tot.

Axel se aplecă în față, sprijinindu-și coatele pe genunchi și punându-și capul în mâini.

-Ei bine, când am ajuns aici, situația era departe de ceea ce spusese el. El și soția lui locuiau în Quebec. Tot acolo sunt și acum. Vărul meu era inginer în țară, iar soția lui era cercetătoare și încă o cercetătoare foarte bine văzută. Amândoi au crezut că vor lucra în domenii similare când au ajuns aici, dar... Experiența și studiile lor nu au contat deloc, vezi tu... Aici, el lucrează în port – muncă fizică, știi tu. Este hamal în port. Iar nevastă-sa face curat în camere la un hotel. Casa despre care le-a povestit tuturor de acasă nici măcar nu-i aparține. El a închiriat numai un apartament mic în casa respectivă. Absolut tot ce le-a spus părinților și prietenilor lui de acasă erau numai minciuni. Din experiență proprie, pot să îți spun că cei mai mulți oameni aflați în astfel de circumstanțe mint. Sunt și excepții desigur, dar mult prea puține.

-Dar de ce? se rotunjiră ochii lui Axel.

-Să fiu al naibii dacă știu de ce, replică Victor. Poate nu vor să mărturisească că nu au avut succes... Oricum, verii mei ar fi putut avea o viață mai bună dacă ar fi mers din nou la școală, dar văru-meu nu se simte capabil să treacă din nou prin facultate, iar nevastă-sa este prinsă și cu copiii, de asemenea. În cea mai parte a timpului este mult prea al naibii de obosită ca să-i mai pese de ceva.

-Dar tu? Te-ai întors la școală?

Ochii lui Victor se rotunjiră de surpriză, iar apoi bărbatul izbucni în râs. Nu se opri până ce nu-i apărură lacrimi în ochi.

-Ce-i atât de amuzant? îi întrebă Leah întorcându-se în salon.

Axel se ridică imediat și-i oferi din nou scaunul.

Victor își scutură capul, apoi își șterse lacrimile și replică:

-Nu am vrut să merg la facultate nici măcar prima dată. Și aveam optsprezece ani la vremea aceea. Imaginează-ți că nu m-aș fi dus a doua oară. Prefer să acționez, nu să stau într-o sală de clasă. Chiar și cursurile pentru a deveni investigator privat mi-au pus răbdarea la încercare.

Nu mai spuse nimic timp de câteva secunde. Pur și simplu se uită în zare gânditor. Leah și Axel îl priviră cu diferite grade de curiozitate.

-Sunt un bărbat puternic, iar munca nu a reprezentat niciodată o problemă pentru mine, indiferent cât de dificilă a fost, spuse el întorcându-și privirea spre ei și fluturându-și mâna, ca și cum ar fi vrut să alunge orice fel de neînțelegere.

-Este posibil să fi avut o viață mai ușoară acasă? Poate că da, cine știe...

Își trecu degetele prin părul aspru negru, iar apoi se uită la ei interogativ.

-Știți ce este dificil la început? Să te trezești și să știi că trebuie să ieși pe stradă și să vorbești o altă limbă. Și să știi că nu poți auzi nici măcar o înjurătură neaoșă... Știți voi, ca atunci când traversezi strada și un șofer te înjură... E diferit în limba mea – cumva mai colorat, explică el gânditor. Și de multe ori îmi este dor de vechii prieteni. Nu este ușor să-ți faci prieteni ca cei pe care i-ai avut din copilărie, își scutură el capul. Iar apoi este atmosfera... O cultură diferită, un alt ritm... Desigur, alt tip de oameni...

Observând simpatia înnotând în ochii lui Leah și interesul de pe chipul lui Axel, se simți stânjenit și decise să-și alunge nostalgia.

-În fine, am încercat mai multe lucruri, spuse el și își scutură capul. Nu mi-am găsit locul. Am muncit în domeniul silviculturii în Quebec, în exploatarea petrolului în Alberta. Am mers până și la pescuit în Alaska pentru o vreme. Nefiind legat de nevastă și copii, nu e dificil să îți câștigi pâinea și să și pui bani deoparte în același timp, dădu el din umeri. Nu am obsesia de a poseda lucruri materiale, ca haine și altele de acest gen, și oricum nu beau în nesimțire. Am văzut mulți bărbați risipind pe băutură banii câștigați din greu... În plus, am un talent special, menționă el, aruncând o privire ascuțită către detectivă.

-Și anume? întrebă ea dulce, chiar dacă ochii îi sclipiră.

Leah avea senzația că era vorba de ceva ce nu era chiar în litera legii, dar nu dorea să-l sperie înainte ca el să fi spus tot.

-Acum nu te agita prea tare, locotenente, își aminti Victor gradul ei din cele spuse în timpul nopții precedente. Este destul de legal. Am jucat poker în State. Știi și tu, campionate, gesticulă el. Am câștigat destui bani să trimit acasă la părinți pentru ca să poată avea o viață comfortabilă și să poată angaja oameni care să le muncească pământul și să aibă grijă de animale. Am avut destui bani ca să-mi cumpăr o casă în Toronto și am rămas cu suficienți bani economisiți. Din punct de vedere financiar, stau foarte bine, dădu el din umeri.

-Pe bune? întrebă Axel, iar chipul i se lumină cu interes.

-Tu citești mințile oamenilor, observă Victor pe un ton sec. Eu le citesc chipurile și ticurile nervoase. Chestia asta ajută enorm în astfel de competiții.

-Și cu toate acestea, te găsești aici, în Toronto, și lucrezi ca investigator, remarcă Axel.

-M-am plictisit să joc poker. Simțeam nevoia să fac ceva mai excitant, ridică Victor din umeri.

Axel râse. Simțise că Victor este un bărbat interesant, chiar din momentul în care l-a văzut în viziunea pe care o avusese în noaptea precedentă.

-Ei bine, noaptea trecută a fost destul de excitantă, remarcă Leah pe o voce seacă.

-Un pic prea excitantă pentru ca să fie pe gustul meu, admise Victor, strângându-și pumnii furios.

Se mai întâlnise el cu moartea în trecut, dar această ultimă întâlnire îl zguduise profund. O lumină metalică îi apăru în ochi când își aminti din nou de cele ce i se întâmplaseră în cursul nopții.

-Oh, oh, murmură Axel. Cineva se gândește la răzbunare, șopti el în urechea lui Leah.

-Tu nu te-ai gândi dacă ai fi în locul meu? îl întrebă Victor, demonstrându-le că încă avea un auz destul de bun.

Axel se mulțumi să ridice din umeri. Nu dorea să pună gaz pe foc și să incite și mai mult emoțiile negative ale bărbatului.

Brusc, soneria telefonului lui Leah izbucni în încăpere și îi făcu pe toți să tresară.

CAPITOLUL 6 – UN JUCĂTOR ESTE ELIMINAT DIN JOC

ATÂT AXEL CÂT ȘI VICTOR ascultară cu atenție la răspunsurile monosilabice ale lui Leah. Aceasta răspunsese la telefon, dar nu părăsise rezerva. Se îndreptase spre fereastră și se oprise acolo.

Lui Victor nu-i plăcea că nu îi putea vedea fața. Detectiva se întorsese cu spatele la cameră și privea afară pe fereastră.

Și cu toate acestea, linia rigidă a umerilor săi arăta că nu-i plăcea ceea ce auzea. Victor putea să audă numai replicile ei.

-Bine, Mark. Cheamă echipa criminalistică și medicul legist... Cred că Dr. Connelly este de serviciu, ceea ce este bine. El este un om metodic... Nu știu dacă pot veni acolo suficient de repede, dar sună-mă și anunță-mă dacă ai terminat cu toate cele la fața locului ca să nu fac drumul degeaba.

Mai ascultă un pic la ce-i spunea Mark, iar apoi îi răspunse:

-Am înțeles. Trimite polițiști în uniformă să pună întrebări prin jur, poate careva a văzut sau auzit ceva. Oricum, nu e nevoie să-ți spun eu cum să-ți faci treaba.

Axel se îndreptă spre ea alene și o prinse de mână când simți că era necăjită. Leah îi strânse degetele și, fără să se mai obosească să spună la revedere, încheie conversația închizând telefonul.

Leah rămase pe loc câteva secunde, cu capul plecat, iar apoi se întoarse lângă patul lui Victor.

Citindu întrebarea din ochii bărbatului, îi spuse:

-Informatorul tău este mort. A fost probabil ucis după ce a părăsit casa aseară pentru a se întâlni cu tine, așa că nu a fost el persoana care te-a atacat. Evident, aceasta este numai ceea ce crede Mark, zise ea ridicând din umeri fără să-și implice opiniile pe moment. Vom vedea ce va spune medicul legist.

-Păcat de el, remarcă Victor cu regret. Era un om tânăr, mult mai tânăr decât mine, explică el, gesticulând cu mâna stângă. Nu mi s-a părut că ar fi un individ insensibil, cinic, își scutură el capul.

Timp de câteva secunde, Victor nu mai spuse nimic. Pur și simplu se uită în zare, iar Leah nu-l împunse de la spate să spună ceva. Axel nu se simțea constrâns de nimic să nu-i citească mintea lui Victor și îi simți tristețea.

-Era doar un om prins într-o situație neplăcută, spuse Victor, iar apoi se opri din nou.

Își ridică privirea spre ei și observă că îl priveau cu confuzie. Se gândi că ar trebui să le explice ce voia să spună ca să priceapă.

-Înțeleg că brokerul i-a avansat banii pentru cursuri și examenul de certificare. În consecință, Gunther trebuia să lucreze pentru el. Nu putea părăsi firma ca să lucreze pentru un alt agent sau pentru el însuși... Din ceea ce am văzut, Gunther nu prea părea a fi în largul său în ceea ce privea afacerea lui Smidgen. De aceea și acceptase să vorbească cu mine în primul rând, clarifică el.

Victor își coborî ochii asupra propriei palme din nou. Din când în când, liniile palmei sale și harta pe care o creeau îl fascinau.

Nu știa ce să creadă sau dacă într-adevăr exista ceva științific ori o explicație rațională pentru cititul în palmă. Dar, o dată, când era copil, s-a dus la târg cu părinții și o țigancă i-a spus că va avea o viață lungă.

Aparent, linia vieții din palma sa se tot continua și nu dispărea. Pur și simplu se contopea cu liniile din jurul încheieturii.

Dacă ar fi fost s-o creadă pe țiganca aceea, va supraviețui din nou și de data aceasta. Absolut tot ce i-a spus, ori aproape tot, s-a dovedit a fi real.

Aceasta văzuse că va vagabonda prin lume și că nu se va opri într-un anume loc pentru multă vreme. De asemenea, îi prezisese că nu-și va găsi pacea decât târziu în viață. De fapt, încă o mai căuta.

Pierdut în gândurile sale, Victor nu-și dădu seama că tăcerea se întindea în încăperea care era permeată de o tensiune acută. Leah se aplecă și îi atinse mâna. Victor se întoarse la momentul prezent tresărind.

-Îmi cer scuze, detective. M-am pierdut în propriile mele gânduri pentru o clipă, replică el ursuz. Mi se mai întâmplă din când în când. Pune-o pe seama moștenirii mele genetice, spuse el dând indiferent din umeri.

-Ai un accent foarte vag, remarcă Axel. Nu aș fi ghicit că ești român, spuse el cu o clătinare a capului.

-Și cum vorbesc românii? întrebă Victor pe o voce certăreață.

Era sătul și dezgustat de stereotipurile pe care le tot auzise în ultimii cincisprezece ani.

-Nu am intenționat să insult în nici un fel, replică Axel, ridicându-și mâinile ca să arate că nu se gândea să-l ridiculizeze. Cu toate acestea, marea parte a românilor au un accent specific. Am un prieten român și când ne-am cunoscut am crezut că era de fapt rus, explică el și după aceea observă încruntarea de pe chipul lui Victor. Repet, nu vreau să crezi că nu îi respect pe români. Ești un pic cam sensibil în ceea ce privește subiectul ăsta, amice, trase Axel concluzia și clătină din cap.

-Mda, un pic, mârâi Victor fără a privi spre vreunul dintre ei.

Apoi își închise gura pentru că nu dorea să se plângă sub nici o formă. Oricum, de-a lungul timpului, învățase că nu ajuta la nimic.

Leah îi atinse mâna cu înțelegere și Victor își ridică ochii spre ea. Nu știa dacă îi surâdea ce vedea în ochii ei sau nu. El nu avea nevoie de compasiunea sau mila nimănui. De fapt, ura să fie compătimit sau să fie obiectul milei oamenilor.

Ușa se deschise și Victor își întoarse ochii în direcția aceea. Un doctor intră în rezervă cu un zâmbet pe buze. Omul nu părea destul de în vârstă pentru a fi medic, dar Victor știa că aparențele de cele mai multe ori induceau oamenii în eroare.

-Bună dimineața, îi salută doctorul pe toți cu o voce plină de veselie.

Leah se ridică pentru a-l întâmpina pe doctor și, împreună cu Axel, îl salută.

-Înțeleg că ți-a scăzut febra, spuse omul verificând fișa. Da, și tensiunea e deja aproape de normal. O să vreau să îți verific rana acum. Probabil voi doi ar trebui să ieșiți pentru câteva momente și să vă întoarceți mai târziu, i se adresă el lui Leah și Axel.

Victor își scutură capul și dădu din mână pentru a arăta că lui nu-i păsa oricum dacă erau prezenți sau nu.

-Pot să stea. Nu este ca și cum nu ar știi ce mi s-a întâmplat, spuse el pe o voce ursuză.

Doctorul ridică din umeri cu indiferență. Pentru el cu siguranță nu avea nici o importanță dacă cei doi erau de față la consult.

-Cum dorești. Acum întoarce-te pe burtă, te rog, și lasă-mă să-ți văd rana.

Cu mult efort și cu gemete înnăbușite, Victor își schimbă poziția în pat. Din fericire, Axel sări imediat să-l ajute, iar cu ajutorul lui totul se dovedi mult mai ușor decât se așteptase.

'*Ce naiba? Sunt mai neputincios decât un prunc nou născut,*' reflectă Victor cu amărăciune.

-Ai răbdare să treacă ceva timp, șopti Axel încurajator în urechea lui.

-Dispari din capul meu, Victor se răsti la el, iar Axel râse.

Doctorul îi aruncă o privire lui Victor, iar apoi se uită spre Axel întrebător. Nu înțelegea despre ce vorbeau cei doi. Își scutură capul și se întoarse la verificarea rănii lui Victor.

-Pare în regulă, spuse el după ce îi bandajă rana din nou.

Se îndreptă apoi și continuă:

-Aș vrea să te țin în spital pentru încă o noapte ca să mă asigur că totul merge bine. Este în regulă? Desigur, nu vei fi capabil să faci prea multe lucruri timp de vreo două sau trei săptămâni. Vei avea nevoie de ajutor, dar sunt convins că vei găsi ajutor, concluzionă el, privind direct în ochii lui Victor.

Victor nici nu aprobă nici nu dezminți presupunerea doctorului, ci replică:

- Da, ar fi nemaipomenit să fiu externat.

Doctorul plecă și după ce ușa se închise în urma lui, Leah îl întrebă pe Victor:

-Ai pe cineva să te ajute?

Victor ridică din umeri, dar îi răspunse:

-Trăiesc singur.

-O prietenă ceva? întrebă Axel.

-Mă mai întâlnesc cu câte o femeie din când în când, dar niciodată aceeași, așa că nu, nu am nici o prietenă. Nu am găsit încă o femeie destul de interesantă să mi-o doresc ca iubită, ridică Victor din umeri. Probabil că nu voi găsi niciodată. Sunt un lup singuratic doar, ți-amintești? îi replică el lui Axel cu un rânjet.

Câteva clipe, nici unul nu spuse nimic. Apoi, brusc, ochii lui Victor aproape ieșiră din orbite. Își pocni fruntea cu palma și exclamă:

-Oh, Dumnezeule. Am uitat! Cum naiba am putut uita?

CAPITOLUL 7 – SURPRIZE DIN PLIN

-CE-I? CE ESTE? ÎNTREBĂ Axel pe o voce excitată.

Era atât de curios încât pur și simplu uitase să arunce vreo privire în gândurile lui Victor.

-Mâine la 3:35 după-masă, vine o femeie din România. Nu am întâlnit-o niciodată, dar maică-mea a insistat să-i ofer un loc unde să locuiască vreo câteva luni până ce își găsește o slujbă și poate închiria un apartament, explică Victor în grabă. Este cea mai mică fiică a uneia dintre prietenele mamei mele din timpul școlii care s-a măritat și s-a mutat la Sibiu. De-aia nu o cunosc.

-Asta-i bine, spuse Axel. Nu e bine? întrebă el când Victor se încruntă. Ar putea să te ajute în timpul săptămânilor următoare, observă el.

-Nu cred. Nu o cunosc și nici ea nu mă cunoaște pe mine. Știu numai că a divorțat cu câțiva ani în urmă și că are doi copii mici. Asta-mi lipsea, spuse el sarcastic. Și cum naiba se presupune că mă duc să îi iau de la aeroport ca să-i aduc acasă? Și evident, nu pot să-i las în aeroport, nu-i așa?

Pe măsură ce vorbea agitat, Victor se încingea din ce în ce mai rău.

Leah îi mângâie brațul și încercă să-l calmeze.

-Sunt sigură că există soluții.

Victor se mulțumi să se încrunte la ea. *'Unde? Că eu nu văd nici una. Maică-mea îmi va lua capul.'*

Axel zâmbi. Acum că îi fusese satisfăcută curiozitatea nu mai avea nici o dificultate în a se strecura în mintea lui Victor din nou.

-Te voi ajuta eu, nu te îngrijora, îl asigură el pe Victor.

Victor se uită la el de parcă îi crescuseră coarne. Experiența îl învățase că oamenii nu-și ofereau niciodată ajutorul – încercau numai să profite de pe urma celorlalți.

-Nu mai fi atât de neîncrezător, îl admonestă Axel. Ai un pic de credință. Nu știu ce fel de oameni ai întâlnit pînă acum, dar nu toată lumea vrea să profite de tine sau să te doboare la pământ. Mâine, te ducem acasă, iar apoi mă duc la aeroport să o primesc pe prietena ta și să o aduc la tine acasă, îi explică el.

-Nu e prietena mea, spuse Victor printre dinți. Și de ce-ai face asta? Ce câștigi din chestia asta?

Axel dădu din cap mustrător, iar apoi repetă ce spusese mai devreme:

-Ești un cinic, Victore. Vreau doar să te ajut. Nu știu de ce, dar îmi placi.

Victor își îngustă ochii, iar acum fu rândul lui Leah să izbucnească în râs. Victor o privi întrebător.

-Nu fii atât de îngrijorat. Axel chiar vrea doar să te ajute. Își permite, are timp s-o facă. Nu cred că ai avut timp să mergi la cumpărături să iei mâncare și restul lucrurilor necesare, spuse ea pe o voce întrebătoare.

Auzindu-i cuvintele, Victor se strâmbă și-și pocni fruntea din nou. Pupilele sale întunecate îi reflectau mâhnirea.

'*Alt lucru la care trebuie să mă gândesc acum. Mereu apare câte ceva,*' reflectă el caustic.

-Nu, mă gândeam să o fac mâine dimineață, înainte de sosirea lor, mărturisi el. Nici măcar nu știu câtă engleză vorbește femeia și dacă este capabilă să meargă la cumpărături ea însăși, își scutură el capul cu amărăciune.

Știa că oricum nu va fi ușor pentru ea, dar dacă nu cunoștea limba, atunci obstacolele erau și mai mari. Oportunitățile pentru nevorbitorii de limba engleză erau aproape inexistente.

-Am încercat să o conving să nu vină aici, știi... Dar nu am avut posibilitatea să vorbesc direct cu ea, iar maică-mea mi-a spus că a refuzat să-și reconsidere decizia. Pur și simplu s-a hotărât să emigreze și ăsta a fost finalul discuției, explică el. Probabil că dorea să scape de trecutul său sau de fostul soț... Nu știu, continuă el pe o voce gânditoare.

-Fiind mama a doi copii mici nu înseamnă că este neajutorată, îi explică Leah. S-ar putea ca femeia să te surprindă. Femeile sunt rezistente. Uneori, sunt mult mai rezistente decât bărbații.

'*Mă îndoiesc,*' gândi Victor, iar apoi îi aruncă o privire lui Axel, aducându-și aminte de obiceiul bărbatului de a-i citi gândurile.

Și într-adevăr, Axel asta și făcuse. Strălucirea obraznică din ochii lui îi spuse lui Victor absolut tot ce dorea să știe.

Axel se mulțumi să râdă, iar apoi îl asigură pe Victor:

-Ei bine, nu trebuie să-ți faci griji. Vei face o listă, iar eu voi merge la cumpărături pentru tine înainte de a merge la aeroport.

Victor se uită fix la el, iar apoi spuse:

-Știi, voiam să cumpăr unele lucruri de la magazinul românesc ca să nu se simtă chiar atât de înstrăinați aici...

-Pot să merg și acolo, își flutură Axel mâna pentru a-i îndepărta îngrijorarea. Tu numai fă lista și scrie-mi unde trebuie să merg. Dacă magazinul are un website, e și mai ușor. Pot să obțin coordonatele de pe Internet.

Când observă privirea speculativă a lui Victor, se simți obligat să-și explice motivele. '*Omul ăsta este ca Toma Necredinciosul,*' concluzionă el.

-Într-un fel, ți-am salvat viața noaptea trecută, Victor. Așa cum mi-a spus o dată amabila detectivă prezentă aici, îmi ești dator cu viața ta, iar eu nu pot să te pierd din vedere. Trebuie să mă asigur că ești pe calea de vindecare și că efortul meu de a te salva nu a fost inutil, îi făcu el cu ochiul lui Victor.

Leah râse pleznindu-i brațul.

-Oh, tu, diavole. Ce am spus eu avea cu totul alt înțeles și o știi foarte bine.

-Ei bine, evident că sper și eu că înțelesul era altul, spuse Axel pe un ton sec, pretinzând că a fost ofensat. Normal că nu am pentru el aceleași sentimente pe care le am pentru tine, spuse el foarte la obiect.

Apoi, se aplecă spre Leah și buzele lui le atinse pe ale ei cu tandrețe. Își trecu degetele peste una dintre șuvițele ei de păr, iar ea oftă ușor.

Victor mai că se uită cruciș fiind martor la dulcegăriile dintre cei doi. Atât Leah cât și Axel îi simțiră starea de spirit și se întoarseră spre el. Amândoi izbucniră în râs pe seama lui, iar Victor mai că mârâi.

CAPITOLUL 8 – ELEMENTE DE BAZĂ ÎN MUNCA UNUI POLIȚIST

Leah păși cu hotărâre în sala largă care adăpostea birourile detectivilor. Câțiva oameni își ridicară privirea spre ea când auziră cadența hotărâtă a pașilor ei fermi.

Ochii lor îi urmăriră progresul locotenentei prin încăpere cu curiozitate. Mersul ei arăta că era preocupată și că gândurile îi erau implicate într-o analiză complexă.

În momentul în care își aruncă ochii înspre ei, brusc, toți deveniră foarte activi. Fiecare își găsi ceva de făcut.

Locotenentei îi displăcea lenea și-și făcuse părerile foarte bine cunoscute în trecut și fără nici un fel de timiditate. Nimeni nu-și dorea să fie subiectul mâniei ei.

Leah făcu un semn către echipa ei specială, iar Anna, Mark și Josh imediat se ridicară de pe scaune. Își adunară notele și se grăbiră să o urmeze în biroul ei.

Leah își aruncă geanta pe masă și se așeză pe scaunul ei cu un oftat ușor. Epuizarea începea să-și spună cuvântul. Nu mai dormise din seara precedentă când ațipise în brațele lui Axel.

Știa că Axel nu dormise deloc, dar, cu toate acestea, tot nu se întorsese acasă să tragă un pui de somn după cum s-ar fi așteptat. Omul acela pur și simplu o uimea. Îi spusese că trebuie să se ducă la întâlnirea lunară cu contabilul său și că i se va alătura după vreo câteva ceasuri. Nici măcar nu-i trecuse prin minte că ar fi trebuit să se odihnească.

-Noapte grea, șefa? gura lui Mark se pomeni a vorbi fără el.

Mark nici măcar nu se gândise la cele spuse și când și-a dat seama ce i-a ieșit din gură, se strâmbă. Ochii lui Leah îl fulgerară, iar inima i se făcu mică cât un purice când observă că Leah părea gata să-i ia capul.

Doar Mark știa foarte bine că nu era o idee bună să o enerveze când era extenuată. În ciuda iritării, Leah decise să nu reacționeze. Observase că Mark avea remușcări deja și, pe deasupra, era și foarte îngrijorat.

-Deci ce știm până acum? îl întrebă ea.

Mark oftă ușurat când și-a dat seama că a scăpat ca prin urechile acului de limba ei ascuțită. Apoi, foarte dornic să-și răscumpere greșeala, începu să-i explice ce date au reușit să adune până atunci.

-Dr. Connelly nu ne-a spus mai nimic despre cadavru. Știi cum este el, spuse Mark, ridicând din sprâncene.

Medicul legist nu se hazarda niciodată să prezinte cauza decesului înainte de a fi terminat autopsia unui cadavru. Dacă cineva ar fi insistat să i se dea orice fel de informație, atunci ar fi mustrat persoana respectivă pe un ton răstit.

-Totuși, continuă Mark, măcar a menționat că tipul a fost înjunghiat, probabil în jur de unsprezece sau doisprezece în timpul nopții. A fost înjunghiat în spate. Același mondus operandi ca în cazul lui Dobrotă, dar în cazul lui Gunther, cuțitul a fost scos din rană, iar în consecință, omul a sângerat până a murit.

-Ar fi supraviețuit dacă ar fi avut parte de atenție medicală imediată? întrebă Leah cu mâhnire.

Leah se întreba de ce Axel nu a perceput și moartea lui Lars Gunther în viziunea pe care o avusese. Ea intuia că Axel împărtășea într-un fel o conexiune ciudată, dar profundă, cu Victor, deși nici măcar Axel nu-și putea explica de ce.

Mark negă scuturându-și capul.

-Medicul legist spune că nu ar fi supraviețuit. Hemoragia a fost excesivă și rapidă. Este posibil ca lama cuțitului să fi lovit artera. Hemoragia a durat numai câteva minute.

-Înțeleg că nu l-ai găsit acasă, spuse Leah pe un ton interogativ.

-Nu, își scutură el capul. Tocmai ajunsesem la el acasă când m-a sunat Anna. Echipa care încă cerceta Grădina Muzicală l-a găsit în spatele unuia dintre copacii din cercul format de acei sequoia roșiatici din Allemande. Credem că a fost înjunghiat puțin înainte ca Dobrotă să fi fost atacat.

-Ați găsit orice fel de evidență criminalistică? întrebă Leah, ochii trecându-i de la unul la altul, așteptând răspunsuri.

Anna își scutură capul nefiind sigură de ce ar fi putut spune. Își aruncă privirea asupra notițelor sale, deși știa foarte bine ce scrisese acolo.

-Nu s-au găsit amprente plantare, cu siguranță, începu ea. Nu a plouat de ceva vreme mai înainte de noaptea trecută, iar crima a avut loc înainte ca ploaia să înceapă. O dată ce a început să plouă, absolut toate celelalte urme au fost obliterate.

-Nu s-au găsit amprente nici pe cuțit, dar echipa criminalistică ne-a spus că au găsit o a treia urmă de ADN. Tipul s-a tăiat cu certitudine când a folosit cuțitul, contribui și Josh cu ceva.

-Și presupun că nu au fost nici un fel de martori, observă Leah cu mâhnire.

-De fapt, interveni Mark, aplecându-se în față pe scaun, există unul, un individ fără adăpost. Și-a stabilit reședința lângă Centrul Comunitar de pe Queen's Quay West, chiar vis a vis de strada Bathurst, explică el pe îndelete, însoțindu-și cuvintele cu gesturi largi. Omul a zis că acela este locul lui obișnuit pe timpul nopții, chiar dacă alții au încercat să i-l fure de câteva ori în trecut. Știi cum este cu locurile acestea bune, dădu el din umeri. Un loc râvnit scoate la iveală ce este mai rău în oameni.

-Are vreun scop trăncăneala asta a ta? întrebă Leah pe un ton sec, prea obosită să-i asculte povestirea întortocheată.

Mark roși până în vârful urechilor. Chiar era ceva în neregulă cu el pe ziua aceea. Aparent, nu știa când să-și țină gura închisă.

-Omul fără adăpost nu l-a văzut pe Dobrotă. Probabil pentru că acesta a intrat în grădină pe partea cealaltă, pe la Gigue. Dar l-a văzut pe Gunther. L-a observat când a coborât din tramvai la stația de la strada Bathurst. Chiar mi l-a descris. Gunther a fost un bărbat mare și ar fi fost imposibil să nu îl vadă. L-a urmărit cu privirea când a intrat în grădină. Se gândise că omul era nebun să meargă acolo în timpul nopții, mai ales că părea să-i fie teamă și tot arunca priviri fugare în spate. Când Gunther a intrat în Allemande, l-a pierdut din vedere. Nici cinci minute mai târziu, un alt bărbat a ieșit fugind din grădină. A traversat strada pe roșu și s-a urcat într-o mașină parcată vis a vis. Nu a reușit să-i vadă chipul mai deloc, dar a zis că era un bărbat blond, scund și masiv. Cu toate acestea, aparent se mișca destul de rapid, nu uită Mark să menționeze.

-Deci tipul fără adăpost nu a observat nimic distinctiv? îl întrebă Leah ca să se asigure că Mark nu a uitat nimic.

Mark își scutură capul și își întoarse palmele în sus exprimându-și dezamăgirea.

-În regulă, acceptă Leah înfrângerea. Avem alt fel de informații despre Smidgen? se întoarse ea spre Anna și Josh.

-Nu prea multe pe moment, se strâmbă Josh. Știm că și-a început afacerea acum cinci ani și are pe statul de plată alți cinci agenți care lucrează pentru el, toți cu certificate în regulă. El a plătit pentru licențele lor, așa că agenții nu pot lucra pe cont propriu sau pentru altcineva. Smidgen nu se implică în afaceri cu marile companii de asigurări, ci numai cu companiile mai mici. Știm că este de asemenea implicat în brokeraj financiar. Știi despre ce e vorba. Mijlocește afacerea între cei au nevoie să împrumute bani și cei ce au bani de dat cu împrumut. Este de asemenea implicat în planificare financiară și ceva afaceri ipotecare...

-Un tip foarte ocupat, observă Leah cu sarcasm.

Anna aprobă dând din cap.

-Da, este, și am impresia că este implicat în niște afaceri foarte dubioase. Mă gândeam sa-i cer expertului nostru în contabilitate criminalistică să arunce o privire peste afacerile lui.

-Bine, dar pe șest. Nu vreau să știe că e cercetat înainte de vreme, o avertiză Leah.

-Și trebuie să notăm, interveni Josh, că Smidgen e scund, masiv și blond. Păcat că tipul ăla fără adăpost nu este capabil să facă o identificare clară a bărbatului pe care l-a văzut aseară, își scutură el capul cu mâhnire.

Leah îi aprobă cuvintele. Nici ei nu-i surâdea lipsa lor de noroc. Ridică din umeri și apoi își porni iPad-ul.

-Am aici o listă cu niște accidente pe care vreau să le verificați. Nu veți reuși să le investigați pe toate voi înșivă și, de aceea, trebuie să chemați și alți colegi să vă ajute. Începeți de la finalul listei, se asigură ea să menționeze. Dobrotă a cercetat deja primele șapte accidente și a adunat o mulțime de informații. Voi obține datele de la el mâine. Nu are nici un sens să-i duplicăm munca, le explică Leah.

Trimise lista Annei prin email, iar apoi o atenționă că i-a trimis-o. După aceea, Leah se întoarse spre Mark.

-Aici am datele de contact ale unui auditor de reclamații de asigurări. Vreau să discuți cu el. Cere-i să-ți explice întreaga situație. Informează-l că Dobrotă este încă în viață, dar că poliția va prelua ancheta din cauza situației în care se găsește Dobrotă. Auditorul acesta îți va prezenta un alt auditor de la altă companie. Discută și cu acela. Josh, tu îl vei însoți pe Mark, se întoarse ea spre Josh. Anna se va ocupa de lucruri aici, la sediu, iar voi doi vă veți ocupa de această linie de anchetă, spuse ea și se ridică.

-Încotro, șefa? întrebă Mark înainte să apuce să se auto-cenzureze, iar apoi își închise ochii și își scutură capul.

Leah pur și simplu izbucni în râs de data aceasta.

-Ai o zi foarte proastă, Mark, nu-i așa?

Își adună apoi lucrurile de pe birou și-și însoți oamenii la ușă.

-Trebuie să merg să vorbesc cu șeful cel mare. Am nevoie de Arnett în această anchetă, spuse ea.

Cu colțul ochiului îi observă încruntarea lui Mark.

-Care e problema cu tine și cu Axel? se decise ea să-l întrebe în sfârșit.

Curiozitatea o măcina de ceva vreme deja și se cam săturase să tot ocolească subiectul.

-De ce îl displaci atât de mult?

-Nu-l displac, mormăi Mark, dar nu îndrăzni să se uite la ea. Pur și simplu cred că ne putem face treaba și fără el. La o adică, el nu este polițist și nu știe nimic despre munca în poliție, mormăi el.

-Hai, Mark, interveni Josh, bătându-și colegul pe umăr. Arnett ar fi o resursă serioasă pentru echipa noastră. Îți amintești cum l-a descoperit pe tipul ăla?

-Da, spuse Mark cu neplăcere. Dar e ceva cu el... nu știu.

Sprâncenele lui Leah i se ridicară pe frunte. Știa că Mark era inteligent, dar nu chiar într-atât de inteligent. Nu-și imaginase că va ghici ce fel de aptitudini avea Axel.

-Oricum, ridică Mark din umeri, el *este* într-adevăr o resursă valoroasă pentru echipa noastră. Nu ar trebui să mă plâng.

Cu un surâs în colțul gurii, Leah părăsi biroul și se îndreptă spre scări cu pași mari și grăbiți.

În urma ei, detectivii de pe etaj se relaxară. Patru dintre ei se adunară și începură să-l bârfească pe unul dintre polițiștii în uniformă, iar râsetele lor umplură aerul.

CAPITOLUL 9 – FIECARE SAC ÎȘI ARE PETECUL

Axel se grăbi să intre în terminalul de sosiri de la Aeroportul Pearson, cărând o bucată de carton în mână. Nu că ar fi avut nevoie de ea și, de altfel, îi și spusese asta lui Victor. Cu toate acestea, Victor insistase.

Victor știa că Axel ar fi fost capabil să pătrundă în mințile oamenilor ce coborau din avion și că le-ar fi citit gândurie până ce ar fi găsit-o pe femeia pe care o aștepta.

'*Da, nu ar fi fost un efort prea mare să citesc câteva gânduri ici colea,*' făcu Axel haz de necaz amintindu-și de discuția cu Victor.

Victor știa că nu ar fi fost cine știe ce efort pentru pentru Axel să navigheze printre gândurile călătorilor, dar i-a explicat că Liliana ar fi fost deja destul de îngrijorată și nu ar mai fi avut nevoie și de șocul oferit de o întâlnire neortodoxă cu Axel. Femeia sosea într-o țară nouă și era pe cale de a locui în aceeași casă cu un bărbat pe care nu l-a mai întâlnit niciodată înainte. Probabil că era terifiată neștiind la ce să se aștepte.

Victor nu vorbise cu ea nici măcar o singură dată. Mama lui Victor avea mereu diverse scuze pregătite ori de câte ori Victor îi cerea să o invite pe Liliana la una din conversațiile lor pe Skype.

Victor nu era prea sigur ce să creadă despre acest lucru, dar cu siguranță nu-i plăcea. Avea un presentiment neplăcut despre întregul aranjament, dar, cu toate acestea, nu ar fi putut să-i refuze cererea mamei sale. Maică-sa formulase totul în așa fel încât i-a lăsat impresia că ar fi comis o crimă capitală dacă nu ar fi acceptat să o ajute pe fiica prietenei sale.

Când i-a cerut o poză de-a femeii ca măcar să o poată recunoaște, mama-sa i-a spus că nu trebuia decât să-i scrie numele pe o bucată de hârtie și să țină hârtia sus la aeroport. Liliana îl va găsi.

Victor ajunsese la concluzia că femeia arăta îngrozitor. Se cutremura ori de câte ori se gândea că va trebui să o vadă zi de zi timp de câteva luni. El știa că Lilianei îi vor trebui cel puțin două sau trei luni pentru a-și găsi o slujbă și pentru a se muta din casa lui. Nu-și făcea nici un fel de iluzii.

Dar indiferent de cât de urâtă ar fi fost, Victor nu considera că femeia ar fi meritat să treacă prin șocul de a fi acostată de un bărbat necunoscut care-i știa identitatea doar uitându-se la ea.

Axel a cedat până la urmă. A înțeles motivele lui Victor destul de bine, chiar dacă nu se simțea prea comfortabil să stea în aeroport cu o bucată de carton în mână.

Axel își aruncă ochii pe tabloul de sosiri și răsuflă ușurat. Avionul aterizase numai cu zece minute în urmă. Cu siguranță, Liliana mai trebuia să treacă prin vamă, așa că Axel mai avea de așteptat câteva minute.

Axel se temuse că nu va ajunge la timp. Avusese de alergat într-o mulțime de locuri în dimineața aceea, iar traficul nu cooperase cu el deloc. A rămas blocat în trafic de două ori pe ziua aceea.

Dimineață, s-a îndreptat spre spital și l-a luat pe pe Victor. L-a condus acasă, după cum îi promisese cu o zi înainte.

Oricum, Axel nu avea nimic altceva mai important de făcut. Leah încă se ocupa de finalizarea hârțogăriei care era necesară pentru ca Axel să poată lucra cu ea la caz.

Leah îi spusese că era posibil ca totul să mai dureze câteva zile, dar el nu mai putea de nerăbdare. Abia aștepta să savureze fiecare clipă petrecută în compania ei, precum și urmărind procesele ei de gândire.

Dar, cu toate acestea, întârzierea aceea îi oferea șansa să se ocupe de Victor. Nu că n-ar fi făcut-o oricum.

Lui Axel îi plăcea bărbatul suficient de mult pentru a-i căuta compania. Se vedea pe sine în Victor, mai puțin cinismul. Adânc în sufletul său, Axel știa că ei doi erau la fel de înrudiți ca frații.

Oamenii începură să iasă de pe poarta de sosiri și mișcarea îl trezi din visare. Își lăsă reflecțiile deoparte, și ridică cartonul, simțindu-se ridicol ținându-l în mâini. O privire aruncată în jur îi arătă că mai erau câțiva șoferi care aveau cartoane similare în mâini și se încruntă.

'Redus la rolul de șofer, hmm?'

Curând uită de îndoielile sale. Gândurile aleatorii pe care le culegea de ici colea erau mult prea amuzante. Axel nu-și refuza niciodată plăcerea de a se adăpa de la o astfel de sursă de divertisment.

Victor îl întrebase cum de îi înțelegea gândurile, pentru că deși el uneori gândea în engleză, totuși în marea parte a timpului gândea în română. Axel nu avusese nici o explicație clară pentru el.

Nu era sigur, dar presupunea că gândurile reprezentau fluxuri de energie, iar mintea lui interpreta acea energie. Era capabil să înțeleagă un gând în orice limbă, dar dacă cineva i-ar fi vorbit în orice altă limbă decât engleză sau franceză, nu ar fi înțeles nimic.

Axel se pierduse atât de mult în gândurile unei femei frumoase, blondă și înaltă, care îi evalua pe toți bărbații din terminal în termeni plini de culoare, încât nu remarcase că o altă femeie cu păr castaniu îl privea fix.

Femeia împingea un cărucior în care stivuise câteva valize. Doi copii mici se țineau cu mânuțele agățați de haina ei, speriați că s-ar fi pierdut în mulțime.

Axel o remarcă numai când femeia se opri în fața lui și îl întrebă ceva în limba română. Din tot ce i se spusese, singurul lucru pe care l-a înțeles a fost numele lui Victor. Își scutură capul confuz, iar apoi îi arătă semnul.

-Tu ești Liliana Rogoz? o întrebă el, desigur în limba engleză.

Femeia aprobă dând din cap și spuse din nou ceva în limba ei, dar cum Axel era prea ocupat să-i analizeze înfățișarea, uită să îi citească mintea.

-Îmi pare rău, replică Axel. Chiar nu înțeleg limba română. Tu vorbești cumva engleza?

-Da, desigur, replică ea în engleză după o scurtă ezitare. Am crezut că încă mai vorbești limba română. Mama ta spunea că vorbește cu tine in română, spuse ea, cu o ușoară încruntare.

Axel îi zâmbi și-și scutură capul din nou.

-Eu nu sunt Victor, o informă el și ea icni ușor.

Axel își ridică mâna și o liniști spunând pe un ton calm:

-Acum nu e cazul să te temi. Sunt de fapt un prieten de-al lui Victor. El a avut... cum să spun... un accident acum două zile și, din păcate, este blocat în casă. M-a trimis să vă iau de la aeroport și să vă duc cu mașina la el acasă. Este în regulă?

Ea aprobă dând din cap cu ezitare. Cu toate acestea, nu era prea convinsă că ar fi fost cazul să-l creadă și să plece cu el.

Axel observă că ochii ei mari de culoarea ciocolatei se rotunjiseră și imediat îi percepu teama. Puse cartonul sub braț și își ridică mâinile, cu palmele în sus.

-Uite, știu că probabil ți-e teamă să mergi cu mine și, în fond, ai dreptate. Într-adevăr este o idee foarte bună să șovăi când vine vorba de a pleca undeva cu un bărbat pe care nu l-ai mai întâlnit niciodată înainte. Dar dă-mi voie să subliniez faptul că nici pe Victor nu l-ai mai văzut înainte. Știu că măcar atât mi-a spus când am discutat despre sosirea ta aici.

-Da, este adevărat, admise ea. Am rugat-o pe mama lui Victor să aranjeze o discuție cu el pe Skype ca să putem discuta și pune la punct anumite lucruri, dar ea mi-a tot spus că fiul el nu reușea să găsească un moment liber pentru a avea o conversație cu mine, își scutură ea capul, iar neîncrederea îi străluci în ochi.

-Interesant, exclamă Axel, iar ochii îi luciră cu zburdălnicie.

-Ce este așa de interesant? își aplecă ea capul într-o parte, semn că era confuză.

-Mamă-sa i-a spus lui Victor același lucru despre tine, ori de câte ori acesta îi cerea să aranjeze o conversație cu tine, menționă Axel, iar apoi, incapabil să se mai abțină, începu să râdă.

-Înțeleg... Mă întreb oare de ce, se minună Liliana. Nu pot să spun că nu am observat că mama lui este o femeie șireată... Și asta de fiecare dată când o vizitam... Părinții mei s-au mutat înapoi în satul de origine al mamei mele după ce s-au pensionat, înțelegi. Mama moștenise ceva pământ, gesticulă ea. Dar oricum, nu aș fi crezut că ar fi fost atât de intrigantă, totuși.

-Mami, băiețelul trase ferm de haina ei. Când ajungem acasă?

Liliana se aplecă spre el și își trecu degetele prin părul lui.

-Curând, pui, curând, îl alină ea.

-Uite aici, am o idee cum să facem ca să nu te mai temi, interveni Axel, ochii lui trecându-i pe toți trei în revistă.

Copiii erau la fel de obosiți ca și mama lor. Călătoria de cincisprezece ore îi epuizase. Liliana avea cearcăne sub ochi și chipul îi era palid.

-O sun pe prietena mea. Este polițistă. Ea va vorbi cu dispeceratul de la poliție și le va spune să te transfere la numărul ei de telefon când vei suna. Ea va garanta pentru mine, bine?

Liliana se gândi câteva clipe și aprobă ideea lui cu o înclinare scurtă din cap. Cel puțin propunerea lui îi oferea ceva siguranță și aceasta era ceva mai mult decât nimic. Altfel, nu ar fi avut altceva de făcut decât să ia un taxi, dar problema era că nici măcar nu avea o adresă pentru a ajunge la Victor acasă.

Axel puse cartonul cu numele ei peste valizele stivuite în cărucior și o sună pe Leah.

-Bună, iubito, spuse el cu tandrețe când Leah îi răspunse la apel. I-am găsit pe Liliana și pe prunci la aeroport, dar ea cam pare să ezite să vină cu mine... Da, are dreptate, desigur, știu asta... Ei bine, mă gândeam. Poate poți tu suna la dispeceratul poliției să le spui că Liliana îi va suna în câteva minute. Ar trebui să fie capabili să-i transfere apelul la numărul tău. Sunt sigur că vei putea să-i potolești orice temeri ar avea... În regulă. Vom aștepta câteva minute și vom suna... Desigur, nu de pe telefonul meu. O voi pune să sune de pe unul din telefoanele cu plată ca să se asigure că nu e nimic necurat la mijloc... Da, bineînțeles... Ah, da, ești acolo? Asta mă bucură. Atunci ne vedem acolo, își încheie Axel conversația cu un zâmbet larg.

Puse telefonul mobil înapoi în buzunarul său și îi conduse pe cei trei la un rând de scaune.

-Hai, să stăm jos câteva momente. Să-i dăm lui Leah timpul necesar să sune la dispecerat mai întâi. Apoi îi vei suna tu și le vei cere să te transfere la ea. Apropo, ea este locotenent Leah MacKay, îi spuse el Lilianei dând din cap, după ce au așezat copiii pe scaunele de lângă telefoanele cu plată. Ați vrea ceva de băut între timp? Sunt câteva locuri aici de unde aș putea cumpăra ceva. Dar nu voi cumpăra nimic de mâncare. Leah este pe drum spre casa lui Victor și a cumpărat deja o cutie de pui și câteva alte lucruri, le explică el de ce nu dorea să le cumpere nimic de mâncare.

-Putem să bem ceva, mama? întrebă fata.

Axel îi zâmbi. Copila îi semăna mamei sale leit. Deși copiii erau gemeni, băiatul avea părul întunecat la culoare și nu îi semăna mamei sale nici la pigmentul pielii. Liliana și fiica sa erau blonde, în timp ce băiatul era brunet. Băiatul îi amintea lui Axel de Victor și Axel se strădui să-și oprească râsul.

-Am niște dolari canadieni cu mine, spuse Liliana deschizându-și geanta.

Ochii ei cercetară interiorul genții uriașe. O cumpărase special pentru călătoria aceea ca să poată pune cât mai multe lucruri în interior. Partea proastă era că nu putea găsi absolut nimic fără să caute în geantă câteva minute.

Axel îi opri căutările atingându-i mâna cu blândețe.

-Nu este nevoie, crede-mă. Va fi plăcerea mea să cumpăr băuturile. Voi merge acolo, arătă el spre un magazin chiar vis a vis de ei, unde ea putea să stea cu ochii pe el.

Liliana aprobă dând din cap cu ezitare și se așeză lângă copii. Ea continuă să-l urmărească cu privirea pe Axel, chiar dacă se aplecase să șoptească câteva cuvinte copiilor.

Axel cumpără trei cutii de suc și o sticlă de apă. Își imaginase că Liliana va prefera apa.

-Uite aici, spuse el când se întoarse și îi dădu câte o cutie de suc la fiecare copil.

Copiii smulseră cutiile din mâna lui și el râse amuzat. Liliana se încruntă când văzu reacția lor, dar Axel gesticulă că nu era important.

-Cred că și eu aș fi la fel de însetat ca și ei după un zbor atât de lung, spuse el cu blândețe. Ai de ales între suc și apă, îi arătă el cutia de suc și sticla de apă.

-Apă, mulțumesc, replică ea, luând sticla cu apă din mâna lui.

Axel o privi în timp ce ea bău cu poftă. Apoi își aruncă privirea la ceasul de la mână și spuse:

-Cred că poți suna la 911 acum, îi indică el telefoanele cu plată din apropiere. Eu voi sta aici cu căruciorul, se oferi el când îi remarcă ezitarea. Ah, da, probabil vei avea nevoie de acestea, îi dădu el câteva monezi. Este posibil să-ți fie returnate la finalul apelului, dar îți vor fi necesare ca să suni, dădu el din umeri. Nu prea știu exact, să fiu sincer. Nu am folosit niciodată un telefon cu plată, mărturisi el.

Ea dădu din cap și luă monezile. Luând copiii cu ea, se îndreptă spre primul telefon disponibil.

Axel o urmări cu privirea câteva clipe, iar apoi se tolăni într-unul din scaune. Fusese pe drumuri aproape toată ziua și începuse să-l cuprindă oboseala.

Liliana vorbi cam patru sau cinci minute la telefon, dar Axel nu se obosi să-i citească gândurile. Știa ce urma Leah să-i spună și el presupuse că după discuția cu Leah, Liliana se va simți mai în siguranță cu el.

-Deci presupun că totul e în regulă acum, remarcă el când ea se întoarse.

-Da este, spuse ea domol, iar Axel remarcă din nou cât de guturală îi era vocea.

-Atunci, hai să mergem. Eu iau căruciorul, iar tu iei copiii. Va trebui să mergem jos în parcare, spuse el pe un ton practic și împingând căruciorul, îi conduse spre lift.

-MI-E TEAMĂ CĂ M-AM dovedit a fi o impoziție serioasă atât pentru tine cât și pentru prietenul tău, locotenente, observă Victor, care se lăsase pe spate într-un fotoliu.

Nu mai suporta să zacă în pat și, în ciuda lipsei de comfort, prefera fotoliul. Cel puțin nu se simțea complet inutil stând tolănit în fotoliu.

Leah stătea în picioare lângă fereastră și privea strada. De acolo, îi aruncă o privire încruntată lui Victor.

-Fii serios! Nici unul dintre noi nu te consideră o impoziție. Cred că-ți dai seama că nu am fi făcut nimic dacă nu am fi vrut, flutură ea din mână.

-Ați făcut mai mult decât s-ar fi așteptat oricine, sublinie el, iar ochii îi deveniră gânditori.

Leah își scutură capul, iar privirea îi baleie asupra bărbatului. Victor se hotărâse să nu o primească pe Liliana în trening, iar acum purta o pereche de blugi negri și un tricou alb care i se potriveau perfect. Barba ușor crescută îi dădea aerul de băiat rău, dar Leah nu avea nici cea mai mică îndoială că de fapt asta și era.

Victor își încrucișase brațele peste stomac, dar, cu toate acestea, Leah tot putea să-i vadă musculatura abdomenului. Era un bărbat care avea o condiție fizică foarte bună, iar Leah presupuse că Victor fie făcea gimnastică zilnic, fie depunea efort într-o muncă fizică în mod regulat.

Sunetul unei mașini oprindu-se pe aleea din fața casei îi atrase atenția la fereastră din nou. Leah își aruncă ochii pe fereastră exact când Axel ieșea din mașină. Acesta ocoli capota cu pași grăbiți și apoi deschise ușile pasagerilor.

O femeie înaltă de aproximativ 1.70 coborî din mașină strângând o geantă uriașă în ambele mâini. Părul ei des castaniu era încolăcit într-un coc la ceafă. Când femeia s-a întors cu fața spre casă, buzele lui Leah se arcuiră într-un zâmbet și aceasta îi aruncă o privire speculativă lui Victor.

-Ce este? întrebă el cu nervozitate în voce, ceea ce demonstra că nu avea deloc încredere în zâmbetul ei de pisică. Ce ai văzut?

-Ei bine, spuse ea tărăgănat, mi-e teamă că vei avea o mare supriză.

-Ce vrei să spui? se interesă Victor, simțind cum neliniștea i se strecura în suflet.

Locotenenta se mulțumi să ridice din umeri.

-Nu vreau să-ți stric surpriza. Oricum, vei vedea despre ce este vorba destul de curând.

Leah se îndreptă alene spre hol, în timp ce Victor scrâșni din dinți. Niciodată nu îi plăcuseră surprizele, iar de data aceasta avea un presentiment neplăcut legat de surpriza pe care maică-sa i-o pregătise.

-NU-ȚI FĂ NICI UN FEL de griji în legătură cu restul valizelor. Le aduc eu înăuntru, vocea calmă a lui Axel veni din hol.

Victor blestemă faptul că nu era capabil să meargă în hol să vadă ce se întâmpla. Cu toate acestea, știa că dacă dorea să-și revină rapid, atunci trebuia să facă cât mai puțină mișcare pentru o vreme. Trebuia să-i dea timp corpului său să se refacă. Și ca să meargă la baie necesita foarte mult efort și sudoare din partea lui.

-Știi cumva în ce camere ar trebui să pun valizele? vorbi Axel din nou, adresându-i întrebarea lui Leah.

-Nu, nu m-am gândit să îl întreb, replică ea. Cred că nu ar fi o problemă să aducem totul înăuntru mai întâi și să le lăsăm aici în hol pe moment. Vedem noi unde trebuie duse după aceea.

Victor decise să se ridice, chiar dacă era nu numai dificil, dar și dureros. Cu un mare efort, abia reușise să-și ridice fundul câțiva centimetri de pe fotoliu când Leah intră în cameră cu copiii și Liliana în urma ei.

-Ce crezi că faci? îl admonestă Leah, ochii ei fulgerându-l cu mânie. Stai jos, idiotule. Sunt sigură că nimeni nu se va supăra dacă te prezinți stând în fotoliu, continuă ea, grăbindu-se spre el și împingându-l ușor ca să se așeze.

Victor căzu în fotoliu imediat. Icni și se încruntă la Leah, dar trebui să recunoască faptul că efortul de a se ridica îl extenuase deja. Altfel Leah nu ar fi fost capabilă să-l împingă cu atât de puțin efort dacă aceea ar fi fost una din zilele lui bune.

-Vroiam să vă arăt camerele, mormăi el.

-Poți să-mi spui mie, iar eu îi voi spune lui Axel, replică ea cu încăpățânare. Nu este necesar să te ridici pentru atâta lucru. Dă-mi voie să te prezint oaspeților tăi, spuse ea și același zâmbet pisicesc îi apăru pe buze.

'*Asta nu e o femeie cu care să te joci,*' Victor trase concluzia, recunoscând valoarea zâmbetului ei. Acel zâmbet avea puterea de a produce frisoane.

-Și să nu cumva să uiți asta, îi șopti Leah, aplecându-se peste el, astfel dovedindu-i că nici ea nu se dădea la o parte și nici nu-i era jenă să citească mintea cuiva dacă așa avea ea chef.

Lui Leah nu-i păsă de încruntarea lui. Se îndreptă, buzele fremătându-i din cauza veseliei, iar apoi se retrase din raza lui vizuală.

Gesticulă spre ușă și spuse:

-Aceștia sunt musafirii tăi, Liliana Rogoz și cei doi copii minunați ai săi.

Victor, care continuase să se uite la Leah, își îngustă ochii, cu o clipă numai înainte de a-și întoarce capul spre ușă. Avea senzația că polițista făcea haz de el și nu înțelegea de ce.

Când ochii îi căzură pe femeia din cadrul ușii, respirația i se opri în piept, iar gura i se uscă.

Femeia nu arăta ca nici una dintre femeile cu care ieșea el în mod obișnuit. Și cu toate acestea, când ochii lui se fixară pe chipul ei, dar mai ales pe ochii ei mari și calzi de culoarea ciocolatei, se pomeni că era incapabil să spună ceva.

Zâmbetul Lilianei se stinse când remarcă cu câtă atenție o cerceta Victor. Când după un minut sau mai mult bărbatul tot nu spusese nimic, neliniștea ei crescu și degetele începură să-i tremure.

-Înțeleg că acum nu este momentul potrivit pentru tine să ai musafiri, spuse ea, iar vocea ei guturală provocă scântei în ochii lui Victor.

'*Mda, acum sunt complet prins în laț. Oh, mamă, știai tu că femeia asta o să-mi pice cu tronc rău de tot,*' Victor reflectă, și-și scutură capul făcând haz de sine însuși.

Leah se aplecă deasupra lui din nou și-i spuse șoptit:

-Chestia asta li se întâmplă tuturor mai devreme sau mai târziu. Prinde puțin curaj, nu fii laș ca un pui de găină, râse ea.

După aceea se îndreptă și spuse:

-Văd că Victor a fost lovit cu leuca în cap pentru moment, dar pot să vă asigur că absolut totul este bine. În ceea ce privește sănătatea, își va reveni complet în vreo două săptămâni, dacă nu se forțează să facă anumite lucruri. Între timp, își întoarse ea privirea spre Victor, ce cameră ai ales pentru Liliana?

-Dormitoarele sunt la etaj. Cel de-al doilea de pe stânga este al ei, iar cel de-al treilea este pentru copii, reuși Victor să-și înnăbușe teama din suflet pentru ca să răspundă.

I se adresase lui Leah, dar apoi își întoarse ochii spre Liliana. Pe o voce răgușită adăugă:

-Nu mă obosisem să cumpăr mobilă pentru acel dormitor înainte, ceea ce a fost binevenit acum. Am pus două paturi de o persoană, o masă, scaune pentru copii și două biblioteci. Nu am încredere în paturile suprapuse când e vorba de copii atât de mici ca ai tăi, așa că... Oricum, în afară de asta nu am știut de ce altceva ar fi avut nevoie, mărturisi el. Nu am avut niciodată ocazia să interacționez cu copiii prea mult, spuse el strâmbându-se.

-Sunt sigură că totul este perfect. Vom încerca să nu te deranjăm prea mult, îți promit, Liliana îl asigură în grabă, cu toate că era departe de a fi sigură că cei doi copii nu-l vor deranja.

El îi alungă cuvintele cu o fluturare a mâinii.

-Sunt sigur că nu va fi nici o problemă. Apropo, am o menajeră. Vine numai lunea, este adevărat, dar a făcut deja paturile și sper că nu a uitat și a lăsat prosoape în băi. Toate camerele vin cu baie proprie. Dacă a uitat de prosoape, uită-te în dulapul de lenjerie. Este chiar vis a vis de dormitorul tău, îi explică el.

Liliana se mulțumi să dea din cap, apoi își coborî privirea la podea, nemaiștiind ce altceva să spună. Cu toate acestea, copiii continuară să-l studieze foarte atent.

Victor avea sentimentul că se afla sub microscop. Încercă să le zâmbească, dar se îndoia că a reușit mai mult decât un rânjet.

-Bun, atunci, spuse Leah pe o voce vioaie, bătând din palme. Hai, să ducem valizele sus în camerele voastre. Presupun că vreți să vă spălați pe mâini, pentru că vom mânca în câteva minute. Pui prăjit după bucătăria sudistă. Este delicios, spuse ea cu entuziasm. Desigur, dacă nu ești vegetarian, se strâmbă ea brusc, consternată că nu s-a gândit la această posibilitate mai înainte.

Victor știa că Leah ar fi putut extrage acea informație din mintea Lilianei dacă ar fi dorit, fără să fie nevoită să întrebe. Văzându-i însă reacția, începu să creadă în cuvintele lui Axel din ziua precedentă, cum că Leah era o persoană politicoasă și nu invada gândurile altora. Evident, când îi convenea. Numai cu câteva minute în urmă îi citise gândurile lui Victor fără nici un fel de jenă.

Liliana își scutură capul, iar un zâmbet ascuns îi răsări în colțul gurii. Îi plăcea felul de-a fi al lui Leah.

-Nu, nu suntem vegetarieni, așa că puiul ar fi nemaipomenit, mulțumesc.

-Totul a fost adus înăuntru, remarcă Axel intrând în cameră. Acum trebuie doar să-mi spuneți unde să mut valizele.

-Oh, ai făcut deja mult prea mult, se grăbi Liliana să spună și o ușoară roșeață îi acoperi obrajii. Le voi muta eu.

-Ha, o sfidă Axel. Atunci chiar că m-aș simți insultat, să știi. Crede-mă, exercițiul îmi face bine.

-Atunci, dă-mi voie să te conduc la camerele lor, îi replică Leah. Tu va trebui să vii cu noi să ne spui in ce cameră să lăsăm fiecare valiză, i se adresă Leah Lilianei.

Privirea intensă a lui Victor îi ținuse ochii Lilianei prizonieri, iar cuvintele lui Leah o aduseră pe Liliana înapoi cu picioarele pe pământ. Liliana și Victor se priveau unul pe celălalt ca și cum ar fi fost implicați într-un duel bizar.

Axel își scutură capul și râse. Apoi, îi făcu cu ochiul lui Victor și părăsi încăperea.

CAPITOLUL 10 – O DIMINEAȚĂ INCOMODĂ

CHIAR DACĂ TRECUSE doar puțin de ora șapte dimineața, Victor nu dormea când s-a auzit un ciocănit ușor la ușa sa. Tocmai încerca să-și estimeze puterile, întrebându-se dacă era cazul să se dea jos din pat sau dacă ar fi trebuit să mai aștepte o vreme.

-Intră, spuse el, făcând efortul de a se ridica în șezut.

Ușa se deschise, exact când încerca să-și înnăbușe gemetele de durere. Lui Victor îi displăcea să arate orice fel de slăbiciune și în special când se afla în fața unei femei. Știa că doar vanitatea îl împingea să reacționeze astfel, dar faptul că era conștient de acest lucru nu însemna că simțea vreun impuls să se schimbe.

Liliana nu intră în camera lui, ci își vârî doar capul cu timiditate prin deschizătura ușii, iar ochii ei ciocolatii îl măsurară de sus până jos.

-Sper că nu te-am trezit din somn, spuse ea pe un ton coborât, în același timp fixindu-și privirea pe pieptul lui.

Cearceaful care îl acoperea îi alunecase în jos și acum i se odihnea pe talie. Liliana nu îndrăznea să-și coboare privirea mai jos de abdomenul lui.

-Nu, nu m-ai sculat. Eram deja sculat după cum vezi, replică el în grabă și, fără să vrea, arătă cu mâna spre partea inferioară a abdomenului său.

Când își dădu seama ce gest făcuse, Victor se strâmbă. '*Dumnezeu știe ce mai crede acum,*' mustăci el.

-Mă gândeam să pregătesc micul dejun și voiam numai să te întreb ce ai prefera să mănânci, îi explică ea de ce a îndrăznit să vină la el în cameră.

-Orice te gândești să pregătești este bun și pentru mine, răspunse el fluturându-și mâna cu indiferență. Singurul lucru asupra căruia trebuie să insist este cafeaua, îi explică el. Întotdeauna am nevoie de cafea la prima oră dimineața. Cu cât este mai tare, cu atât este mai bine.

-Și eu la fel, îi răspunse ea, iar buzele i se arcuiră într-un zâmbet. Deja am pus cafeaua la făcut. Vrei să îți aduc micul dejun aici? Presupun că așa ar fi cel mai bine, spuse ea gânditoare, privirea alunecându-i peste trupul lui încă o dată, iar Victor își simți pielea în flăcări când ochii ei îi colindară corpul.

-Nu, nu este nevoie, replică el pe o voce și mai coborâtă. Voi veni eu jos în bucătărie. Trebuie numai să ai răbdare vreo zece sau cincisprezece minute, spuse el, iar apoi se încruntă gânditor. Nu știu încă cât de repede mă pot mișca și de cât timp am nevoie să ajung în bucătărie, strecură el cuvintele printre dinți.

-Te pot ajuta, se oferi ea, deși se îndoia că ar fi fost în stare să-i susțină greutatea.

'Da, sigur,' gândi el. *'Îmi și imaginez cum o vei lua la goană urlând imediat ce ies de sub cearceaful ăsta.'*

-Mă descurc eu, nu-ți fă griji, îi făcu el semn să plece. Voi fi acolo curând, îi mai spuse el pe un ton care clar implica că era cazul să iasă din cameră în acel moment.

-Bine, atunci, îi acceptă ea decizia. Apropo, am discutat cu copiii și le-am explicat că trebuie să fie cuminți și să nu te deranjeze, se gândi ea să menționeze. Mă cam îndoiesc că vor putea să fie cuminți tot timpul, dar le voi mai aduce aminte de această regulă din când în când. Vom încerca să te deranjăm pe cât de puțin posibil, îi promise ea.

-Lasă copiii în pace, îi ceru el pe o voce care interzicea orice argument. Nu sunt atât de sensibil și, oricum, nu intenționez să dorm toată ziua bună ziua, chiar dacă acum nu sunt capabil să mă mișc prea mult. Există și o curte închisă în spate. Poți să-i lași să se joace acolo. Nimeni nu poate intra în curte, iar copiii nu pot ieși în stradă. Gardul este suficient de înalt, îi explică el.

După aceea mai reflectă asupra acelei idei puțin mai mult, fixând cearceaful cu privirea. După câteva secunde, își ridică din nou ochii spre ea.

-Poate ar trebui să le luăm o minge sau ceva. Nu m-am gândit la asta, din păcate, mormăi el, scuturându-și capul necăjit.

Era supărat pe sine însuși că-i scăpase așa ceva din vedere. Se mândrea că avea capacitatea de a prevedea lucrurile și planifica detaliile, dar de data aceasta eșuase.

-Mulțumesc, replică Liliana cu un zâmbet recunoscător.

Nu se așteptase ea la prea multe din partea lui când s-a decis să-i accepte ospitalitatea pentru o vreme. De fapt, mama ei fusese cea care insistase să accepte invitația de a locui în casa lui Victor pentru un timp la început.

Într-un fel, maică-sa avusese totuși dreptate. Liliana putea economisi din bani dacă nu era nevoită să plătească pentru o cameră la hotel. Oricum nu avusese posibilitatea să refuze pentru că mama ei o implicase și pe mama lui Victor în procesul de convingere și astfel Lilianei i-a fost imposibil să nu accepte invitația. Femeia aceea avea un talent deosebit de a epuiza omul cu argumentele sale.

Liliana chiar se temuse că Victor nu-i va suporta copiii. Știa că este burlac, iar aceea însemna că nu era sub nici o formă obișnuit cu felul de a se comporta al copiilor.

Când ajunseseră în acel punct al discuției, Liliana deja intrase în cameră complet, iar ochii lui Victor o măsurară cu atenție. Nu era deloc o femeie slabă, dar arăta destul de incitant cu șoldurile ei generoase și sânii ei rotunzi.

'*La naiba, nu o să fie deloc ușor să trăiesc cu ea în aceeași casă,*' gândi Victor. Chiar era de prost gust să jinduiască după musafira sa. Nu se făcea. '*Pe deasupra, mai este și mamă, pentru numele lui Dumnezeu,*' se admonestă el însuși.

O clipă mai târziu, Victor rânji. Observase cu amuzament că Liliana își împletise părul în grabă, iar acum, coada îi era strâmbă și-i atârna peste umărul drept.

Liliana nu se obosise să se machieze în dimineața aceea și arăta mult mai tânără decât cei douăzeci și opt de ani ai săi, cât îi spusese maică-sa că are.

Apoi, femeia deschise gura și-i spuse:

-O să ies eu astăzi în oraș și o să le cumpăr o minge.

Afirmația ei îl smulse din reflecțiile sale. Încruntat, Victor mai că mârâi la ea.

-Ți-ai pierdut mințile? strigă el. Nici măcar nu știi unde te afli și vrei să ieși și să te pierzi în oraș?

Uimită, Liliana ridică din sprâncene. Chiar nu se așteptase ca el să se înfurie pentru atâta lucru. Părea un bărbat destul de indiferent și nu-și imaginase că i-ar fi păsat în vreun fel sau altul dacă ea ar fi decis să iasă în oraș.

-Te asigur că mă pot descurca singură, îi replică ea cu semeție. Nu e ca și cum te-am avut alături până acum ca să ai grijă să nu cumva să mă pierd, se răsti ea la el, punându-și mâinile pe șolduri.

Victor uită complet de cearceaful care îl acoperea și își îndreptă poziția în pat, chiar dacă durerea îl împungea la fiecare mișcare. Încercă să o intimideze cu privirea sa dură, dar aparent tentativa lui nu avu nici un fel de succes. Fie femeia se baza pe faptul că Victor nu se putea mișca suficient de repede ca să o prindă dacă asta îi era intenția, fie nu îi păsa de mânia lui.

-Ascultă la mine acum și fii fată deșteaptă. Nu te găsești acasă la tine, în orașul tău, unde cunoști împrejurimile. Acesta este un oraș mare. Până și cineva care a petrecut mai mulți ani în acest oraș se poate pierde. Fii deșteaptă și stai în casă până una alta. Vedem noi mai încolo ce putem face, îi spuse el.

Victor își ridică mâna să-i oprească comentariile când observă că era pe cale de a deschide gura din nou să-l contrazică.

-Nu am deloc intenția să-ți vorbesc de sus, dar trebuie să mă asculți în situația asta. Da, în câteva zile, după ce ai avut șansa să vezi cartierul cât de cât, vei fi capabilă să faci orice dorești. Sunt sigur că atunci îți vei găsi calea înapoi spre casă, chiar dacă te vei rătăci. Dar nu astăzi, cu siguranță, spuse el printre dinți, supărat că era nevoit să-i explice atât de detaliat un concept atât de simplu. Dacă nu-ți plac surprizele, te sfătuiesc să ieși din cameră acum pentru că voi da cearceaful la o parte, își încheie el discursul pe o voce răutăcioasă, sătul să-și tot explice intențiile și acțiunile.

Liliana se înroși și aceasta îl încântă. Se vedea clar pe chipul ei că se înfuriase, dar nu îl mai contrazise, ci doar se întoarse și se îndreptă spre ușă cu pași apăsați.

Victor rânji când femeia trânti ușa în urma ei, dar apoi, amintindu-și că venise timpul să se dea jos din pat, deveni serios. Nu se bucura defel știind că trupul îi va fi innundat de durerea aceea orbitoare din nou.

ÎN MOMENTUL ÎN CARE Victor pătrunse în bucătărie, avu impresia că a pătruns într-o altă lume. Liliana nu se zărea nicăieri, dar cei doi gemeni ai ei fuseseră extrem de ocupați și deja făcuseră bucătăria praf.

Victor își scutură capul, ca și cum nu-i venea să-și creadă ochilor, și un rânjet larg îi apăru pe buze. Se părea că în bucătărie se purtase un adevărat război cu mâncarea, iar acum, încăperea, pe care el și-o amintea imaculată și ordonată, era acoperită cu bucăți de pâine, de șuncă și ouă. Laptele care fusese vărsat pe podea nu era decât cireașa de pe tort. Victor se văzu nevoit să calce cu mare atenție ca să nu alunece pe podeaua umedă.

Părul fetiței era decorat cu bucăți de șuncă, dar se părea că fata reprezenta un oponent de temut, chiar dacă era micuță. Fratele ei nu scăpase neatins. Micuța diavoliță, care, în fapt, arăta ca un înger inocent, îi turnase laptele în capul fratelui ei, iar hainele acestuia purtau urmele omletei de pe farfuria ei.

Copiii nu îl observaseră și continuau să se certe din cauza unor ofense imaginare. Fiind singurul copil la părinți, Victor nu avusese experiența unor astfel de certuri, dar își văzuse prietenii deseori războindu-se cu frații și surorile lor.

Victor își scutură din nou capul și abia stăpânindu-și râsul, se decise să intervină între cei doi copii.

-Unde s-a dus mama voastră?

Auzindu-i vocea profundă, cei doi copii mai că săriră în sus de surprindere. Amândoi își ridicară ochii rotunjiți de uimire spre el, iar apoi, ca și când ar fi împărtășit aceleași gânduri, se uitară în jur la dezordinea pe care o făcuseră.

-Oh, oh, amândoi spuseră în același timp, iar apoi se priviră din nou cu teamă.

-Unde este mama voastră, măi copii? întrebă Victor din nou, un zâmbet fluturându-i ușor pe buze.

-Oh, Dumnezeule, vocea Lilianei veni din spatele lui. *Oh, Dumnezeule*, repetă ea, apăsând pe fiecare silabă ca și cum nu ar fi fost în stare să-și găsească cuvintele.

El își întoarse capul spre ea și observă că fața îi devenise deja albă ca hârtia. Cu toate acestea, nici o secundă mai târziu, chipul îi deveni stacojiu, iar ochii îi fulgerau de furie mocnită.

-Îmi cer scuze pentru copiii mei, Victor. Nu știu, spuse ea rapid, dar apoi nu mai putu să continue și trebui să se oprească ca să-și înghită nodul din gât, iar lacrimi nevărsate îi luceau în ochi. Nu știu cum de au putut face așa ceva când le-am explicat foarte clar că trebuie să fie extrem de cuminți, spuse ea în continuare pe o voce tremurătoare.

Chiar dacă vocea îi tremura, femeia tot reuși să-și prezinte scuzele, iar acum părea pregătită de bătălie.

La cuvintele ei, copiii deja înghețaseră. Privirile le fugeau peste tot, dar Victor observă că o ocoleau cu grijă pe mama lor.

Victor oftă profund și se mișcă încet spre scaun, atent să nu calce pe mâncarea de pe podea. '*Doamne, mă simt atât de bătrân,*' se gândi el, pășind cu mare grijă ca nu cumva să-și zguduie ceva înlăuntrul corpului său.

Durerea venea și trecea în valuri. Victor decisese să nu mai continue să ia calmantele prescrise. Știa că era o decizie înțeleaptă, dar, evident, trebuia să plătească și prețul pentru asta.

Liliana se grăbi să-l ajute, dar el îi scutură mâna de pe brațul său imediat ce își dădu seama care îi era intenția. Se aruncă pe un scaun și icni la contactul cu scaunul, iar apoi se întoarse spre ea și o privi cu duritate. Cu toate că se simțea încă rușinată de comportamentul copiilor, femeia îi înfruntă ochii cu privirea ei.

-Ascultă, începu el să-i explice. În primul rând, nu vreau nici un fel de ajutor. Trebuie să fiu capabil să funcționez fără să am nevoie de ajutorul altcuiva. În ziua în care nu o să mai fiu în stare să mă mișc prin mijloace proprii, atunci vei putea să mă îngropi, mormăi el. În al doilea rând, sunt copii. Nu sunt absurd. Nu mă pot aștepta să nu se miște, să nu facă zgomot sau să nu facă mizerie. Da, se pare că sunt un pic mai sălbatici decât aș fi crezut, dar și ce dacă? Nu mă deranjează defel, continuă el cu sinceritate. '*Am făcut chestii mai groaznice decât ce-au făcut ei aici,*' își aminti el. În fond, tu ești cea care trebuie să facă curat în urma lor, rânji el la ea și ridică din umeri cu indiferență.

Ea își dădu ochii peste cap, dar colțurile gurii i se ridicară într-un surâs. Părea ușurată că Victor nu a explodat pe loc văzând starea bucătăriei, care într-adevăr era ceva ce nu se mai văzuse.

-Nu, replică ea pe un ton sever, ei vor face curat. Veți curăți totul, m-ați auzit, iar apoi veți merge să vă spălați și să vă schimbați.

Liliana se și încruntă la copii pentru a-i face să înțeleagă că nu era de glumă, iar ei începură să adune mâncarea de pe podea imediat.

-Ești tare răutăcioasă, știi asta, Victor îi spuse în engleză pentru ca să nu fie înțeles de copii.

Cu toate acestea, copiii își întoarseră ochii curioși spre el imediat. Uimit când le simți privirile, el se uită la Liliana interogativ.

-Copiii înțeleg engleza, Victor, oftă ea. Nu i-aș fi adus aici fără să mă asigur că vorbesc limba, măcar un pic, baza, știi tu. Dar se pare că au aptitudini foarte bune pentru limbi străine, ridică ea din umeri. Au învățat mult mai mult decât m-am așteptat. Oricum, trebuie să știi că vorbind în engleză nu înseamnă că ei nu vor înțelege ce spui.

-Înțeleg, replică el gânditor, măsurându-i pe cei doi copii cu privirea. Mi-ai promis niște cafea, dacă îmi amintesc corect, se întoarse el spre ea din nou, gata să schimbe subiectul discuției.

-Desigur, spuse ea și se grăbi spre dulap ca să scoată o ceașcă pentru el.

Liliana petrecuse câteva ore în dimineața aceea familiarizându-se cu ce se găsea la parterul casei. Nu se uitase în sertarele din birou sau din sufragerie, dar verificase toate dulapurile din bucătărie și cămara.

Liliana îi turnă cafeaua fierbinte în ceașcă și i-o aduse la masă.

-Bei cafeaua cu zahăr sau lapte?

Victor își scutură capul, dar nu se uită la ea. Era preocupat să vadă cum era vremea. Se părea că era din nou o zi caldă, în ciuda faptului că se apropiau de finalul lunii septembrie.

-Liliana, își întoarse el privirea spre ea, te-ar deranja dacă mi-ai duce cafeaua și mâncarea la masa de pe terasă?

Liliana își scutură capul și imediat îi luă ceașca de cafea să i-o ducă afară.

-Îți voi pune mâncarea pe o farfurie imediat. Mă gândisem să aștept până ce cobori înainte de a o pune pe farfurie și se pare că a fost o decizie înțeleaptă. Altfel, și mâncarea ta ar fi fost pe podea alături de restul, observă ea cu un mormăit.

Desigur, nu pierdu ocazia să mai arunce niște priviri ucigătoare copiilor. Cu toate acestea, copiii păreau să fie destul de inteligenți să nu se uite spre ea.

Victor doar râse și o urmă afară prin ușile franțuzești. Când pășea acum, mai simțea doar o ușoară slăbiciune și era recunoscător că nu avea probleme mai mari decât atât. Era adevărat că încă îl chinuia durerea, dar lui îi fusese teamă că va fi prea slăbit să stea în picioare.

Liliana așeză ceașca de cafea pe masa mare de pe terasă și-și întoarse privirile spre el. Victor mergea încet ca și cum s-ar fi temut că și-ar fi putut disloca ceva înăuntrul trupului. Când ajunse la masă, se așeză cu grijă pe un scaun, iar Liliana observă că durerea marcase linii vizibile pe chipul lui.

-Ești sigur că ești în regulă? îl întrebă ea îngrijorată.

Avea impresia că Victor era pe punctul de a se prăbuși pe jos, iar ea se temea că nu ar fi avut puterea să-l ridice. Era mult mai înalt decât ea și era departe de a fi un bărbat slăbănog.

El se mulțumi să dea afirmativ din cap și scrâșni din dinți. Se părea că excursia lui în jos pe scări îi epuizase puterile destul de mult în dimineața aceea.

-Aș vrea să te rog ceva, își ridică el privirea spre ea. Aș face-o eu însumi, dar sunt deja terminat.

-Nu-ți fă griji, doar spune-mi de ce ai nevoie, replică ea pe o voce nerăbdătoare, aruncând o privire fugară spre casă.

Gândurile Lilianei erau tot la bucătărie și la dezastrul pe care îl făcuseră pruncii ei în dimineața aceea. Dorea să curețe totul cât mai repede posibil.

Era adevărat că Victor nu spusese nimic pe moment, dar se cam îndoia că nu se supărase defel din cauza a ceea ce Maria și Lucian făcuseră. Oricine și-ar fi pierdut cumpătul văzând așa ceva.

-Cred că mi-am lăsat telefonul mobil, bricheta și țigările pe noptieră în camera mea, replică el.

Neplăcerea scânteie în ochii femeii pentru o clipă atunci când Victor menționă țigările. Nu durase mai mult de o secundă, e adevărat, iar ea a încercat să-și ascundă dezgustul, dar Victor remarcase deja fiorul de neplăcere al femeii.

-Nu-ți place fumatul, îi ghici el gândurile pe o voce seacă.

Ea își scutură capul rapid, dar se asigură să adauge:

-Cu toate acestea, este treaba ta, nu a mea.

El se mulțumi numai să ridice din umeri, ca și cum nu ar fi contat pentru el în nici un fel dacă ei îi plăceau sau îi displăceau obiceiurile lui. Dar până la urmă tot nu putu să-și țină gura închisă și remarcă:

-Ei bine, sunt pe cale de a mă lăsa de fumat, așa că nu te agita prea tare. Mai mult decât atât, nu voi fuma în casă unde sunt copiii, evident, așa că nu trebuie să te îngrijorezi în ceea ce privește fumul de țigară. Dar, *chiar acum*, în acest moment, am nevoie de o țigară. S-ar putea să mai îmi ia gândurile de la durere, mormăi el și încercă să-și găsească o poziție mai comodă în scaun.

După câteva clipe însă renunță și, icnind, se ridică, împingând cu palmele în suprafața mesei cu toată puterea. Liliana îi privea acțiunile uimită.

După ce reuși să se ridice, se mută în cealaltă parte a terasei, pe care o aranjase sub forma unui salon, cu o sofa de colț, câteva fotolii, o otomană și o masă joasă.

-Cred că o să stau aici, spuse el, tolănindu-se pe sofaua capitonată.

Într-adevăr, acolo se simțea mai comfortabil decât fusese în scaunul pe care tocmai îl părăsise. Pe sofa, putea să-și ajusteze poziția corpului, astfel nefiind obligat să stea într-o poziție prea rigidă.

Liliana dădu din cap și-i aduse ceașca de cafea de pe cealaltă masă și o puse pe măsuța joasă din fața lui.

-Îți voi aduce lucrurile de sus, iar când mă întorc îți aduc și mâncarea. Desigur, între timp îi voi trimite pe copii în camera lor pentru a medita la comportamentul lor, îl asigură ea.

Simțea nevoia să-i demonstreze că își lua responsabilitățile în serios, dar el o întrerupse.

-Nu-i pedepsi pentru atâta lucru, își flutură el mâna. Gândește-te că au suferit destul stând pe scaune de-al lungul zborului, iar acum se mai găsesc și într-un loc nou. Cred că este normal să fie un pic indisciplinați. Poți să le dai voie să iasă afară și să se joace, îi spuse el. Oh, acum îmi amintesc, spuse el, iar chipul i se lumină. Am un set de badminton cu tot ce trebuie. Nu vom instala fileul acum, dar pot să se joace și fără el. Dacă mergi jos la subsol, vei găsi camera pentru activități recreative. Setul de badminton ar trebui să se găsească pe unul dintre rafturile din dreapta, îi explică el.

-Nu știu ce să zic, spuse ea ezitant.

-Ce nu știi? o întrebă el pe o voce certăreață.

Nu-i plăcea defel direcția gândurilor Lilianei. Era convins că deja se gândea la eventualele probleme ce ar puteau apărea.

-Copiii ar putea rupe o rachetă sau...

-Și ce dacă? Sunt patru în set, așa că nu e mare scofală. Nu te mai îngrijora pentru absolut orice. Nu este ca și cum ar fi sfârșitul lumii. Nu e ca și cum rachetele acelea sunt moștenire de familie sau ceva similar, pentru Dumnezeu, tună el. Dacă stau și mă gândesc bine, nu cred că le-am folosit nici măcar o dată. Nici nu-mi mai amintesc de ce le-am cumpărat, dădu Victor din umeri cu indiferență.

-Dacă chiar nu te deranjează, spuse ea din nou cu ezitare.

Știa că pruncii aveau nevoie de o ocupație activă. Stătuseră închiși în interior pentru prea multă vreme, iar rezultatele inactivității se puteau vedea în bucătărie. Aveau nevoie de o activitate care să le consume din energia acumulată.

-Nu mă deranjează. Nu sunt un risipitor, dar nici nu mă atașez prea tare de lucruri, îi explică el.

Liliana doar dădu rapid din cap, iar apoi se întoarse în casă. Vocea ei joasă îi ajunse la urechi când li se adresă copiilor.

Victor rânji când copiii urlară de bucurie. Probabil că Liliana le spusese despre setul de badminton.

Brusc, copiii țâșniră afară din casă. Mai aveau încă mâncare în păr, iar hainele lor tot murdare erau, dar aceasta nu îi opri să se arunce pe el și să-și exprime recunoștința într-o manieră foarte zgomotoasă și energică.

Victor bombăni și își mușcă buza de jos pentru a-și acoperi geamătul la fulgerele de durere pe care le resimți în urma atacului lor viguros.

-Bine, bine. Destul cu asta acum. Mergeți în casă să vă spălați, iar apoi vă puteți juca, spuse el și încercă să le desfacă mâinile pe care copiii le încleștaseră pe coapsele lui.

Se părea că, din păcate, pe moment, puterea lui nu era pe măsura puterilor lor cumulate. Fiecare copil se agățase cu toată puterea de una dintre coapsele lui și nu mai voia să-i dea drumul.

Când Liliana se întoarse pe terasă cu lucrurile lui, îl găsi pe Victor încruntat, dar și resemnat în același timp.

-Ești bine? se grăbi ea spre el. Maria, Lucian, dați-i drumul acum, strigă ea la copii, dar cei doi copii se prefăcură că nu i-au auzit cuvintele.

Liliana puse lucrurile lui Victor pe masă lângă ceașca lui de cafea, iar apoi încercă să le desfacă degetele și brațele copiilor de pe picioarele lui. În tot acest timp, continuă să-și ceară scuze, iar Victor își închise ochii și-și scutură capul deznădăjduit.

-E suficient deja, se răsti el, când nu mai putu suporta să o audă scuzându-se.

Ochii ei se rotunjiră din cauza surprizei și se fixară pe chipul lui.

-Încetează cu scuzele astea, mormăi el. M-am săturat să te tot aud cerându-ți scuze tot timpul.

Cuvintle lui o șocară pe Liliana într-atât de mult încât nu-și găsi cuvintele să-i răspundă. Din fericire, izbucnirea lui Victor avu un efect secundar, pe care el unul îl îmbrățișă din toată inima. Cei doi drăcușori îi eliberară picioarele în sfârșit, iar el respiră ușurat.

CAPITOLUL 11 – CU PAȘI DE MELC

Victor tocmai își terminase de mâncat porția de ouă cu șuncă când copiii se întoarseră din nou în curte. Chipurile și hainele lor nu mai purtau urmele războiului pe care-l purtaseră mai devreme.

Victor observă de asemenea că Liliana găsise setul de badminton. Fiecare copil ducea câte o rachetă în mână și amândoi ciripeau ca două coțofene vesele. Era evident că abia așteptau să se joace, iar Victor își râse în barbă.

Copiii țopăiră jos de pe terasă, iar la indicația fetiței, se opriră undeva în mijlocul curții. Cu un ochi critic, Maria măsură distanța dintre ei și Victor. Își încreți năsucul ca un năsturel, iar buzele lui Victor tremurară de râs.

'*Probabil că le-a făcut mama lor morală,*' medită Victor cu amuzament, foarte atent la ce făceau gemenii.

Se îndoia că Liliana ar fi fost genul de femeie care să dea prea mare atenție la cuvintele lui sau care să pună prea multă bază pe indicațiile care i se dădeau. Oricum, nu era ca și cum Victor se așteptase ca femeia să-i îmbrățișeze opiniile cu dragă inimă.

După ce s-a asigurat că se aflau la suficientă depărtare de el, fetița s-a întors să evalueze și distanța până la rondelele de flori. După câteva momente, păru să fie satisfăcută de poziția lor pentru că-l anunță pe fratele său că se puteau juca acolo.

Iarăși buzele lui Victor tremurară cu umor. Fetița era la fel de înfiptă și autoritară ca și mama sa. Într-adevăr, îl cam înnebunise Liliana cu scuzele pe care le tot murmura, dar asta nu însemna că el nu simțise că avea de fapt o voință de fier, chiar dacă părea o femeie delicată.

Victor își aprinse o țigară și sorbi din cafea, continuând să-i privească pe copiii care se jucau. Pe neașteptate, telefonul său mobil sună și sunetul soneriei îl făcu să tresară. Părea să vină din neant.

-Dobrotă, răspunse el scurt, vocea sunându-i aproape nepoliticos.

-Văd că nu pari să fi în toane mai bune, râse Axel.

-Nu, nu sunt, admise Victor cu un mârâit. '*Ca și cum tu ai fi dacă ai fi în locul meu*,' strânse el din dinți.

-Apropo, suntem pe drum spre tine. Și când spun *suntem*, înseamnă că nu numai Leah și eu venim, îl avertiză el pe Victor. Unul dintre oamenii ei ne va însoți, de asemenea. Este în regulă? îl întrebă Axel pe o voce plină de considerație.

În ciuda întrebării lui, amândoi știau că pusese întrebarea doar de ochii lumii. Dacă se găseau deja pe drum spre casa lui, nimic nu ar fi contat, indiferent de ce ar fi spus Victor.

-Nu e ca și cum mi-ar păsa, Victor răspunse cu indiferență.

Nu-i prea plăcea lui să aibă de-a face cu poliția în mod regulat, dar știa că acum nu avea de ales. Și oricum, se decisese să accepte totul cu cât mai mult calm.

-Bine de știut, bătrâne, râse Axel. Apropo, tipul care vine cu noi nu este la curent cu talentele mele sau ale lui Leah, așa că vezi, fii atent să nu ne dai de gol, îl avertiză el pe Victor pe un ton serios, pentru o clipă uitând de maniera lui relaxată de zi cu zi.

-Am priceput, replică Victor și, nepoliticos, deconectă legătura.

Apoi se gândi mai bine și îi trimise un mesaj lui Axel pe telefon, cerându-i să cumpere o minge pentru copii. Victor nu prea ardea de nerăbdare să mai aibă o discuție în contradictoriu cu Liliana legată de o posibilă ieșire în oraș și de aceea se gândise să anihileze orice posibil argument din partea ei.

Satisfăcut că a rezolvat și problema aceea, își ridică ceașca de cafea și sorbi din nou, oftând mulțumit.

-Mai vrei cafea? îl întrebă Liliana.

Ochii lui Victor se îngustară. Femeia se găsea chiar acolo lângă el, aproape atingându-l.

‘*Nici măcar nu i-am auzit pașii, la naiba. Oare de când se află aici?*’ se întrebă el, nemulțumit cu sine însuși. ‘*Ai început să-ți pierzi puterea de concentrare, Victore,*’ se admonestă el.

Victor privi spre ea suspicios, dar nu văzu nici un semn că i-ar fi auzit conversația telefonică. Femeia doar aștepta cu carafa de cafea în mână răbdătoare.

-Da, te rog, spuse el. Dar nu ești obligată să mă servești tot timpul, se gândi el să menționeze cu întârziere.

Nu i se părea corect ca ea să-l satisfacă fiecare moft pe care l-ar fi avut. Invitația pe care le-o făcuse Lilianei și copiilor de a sta la el în casă nu venea cu obligații, chiar dacă ideea nu fusese a lui, ci mama lui îl convinsese să facă ‘*oferta*’ în primul rând.

El unul nu s-ar fi gândit la așa ceva. Desigur, ar fi ajutat-o pe Liliana să-și găsească un apartament la sosire și i-ar fi oferit sfaturi pentru a-i face tranziția mai ușoară, dar nu ar fi mers atât de departe încât să o aducă în apropierea lui, oferindu-i camere în casa sa.

-Nu aș face-o dacă ai fi în stare s-o faci tu însuți, replică Liliana sec, fără să arate că i-ar fi păsat că Victor se comporta ca un urs. Pe moment, însă, nu ești capabil, remarcă ea pragmatic.

Cât timp îi vorbise, ochii ei rămăseseră fixați pe chipul lui. Liliana simțea că era imperativ să facă efortul de a-i arăta că nu o putea speria sau îndepărta. Îi mai turnă niște cafea în ceașcă aplecându-se deasupra lui.

-Te-ar deranja dacă aș sta aici un pic? întrebă ea, după ce a terminat de turnat cafeaua și s-a îndreptat.

-Fă ce vrei. Poți sta oriunde vrei, dădu el din umeri și-și flutură mâna în jur, iar o încruntare ușoară îi apăru între sprâncene. Să nu cumva să uit, Leah, Axel și un alt detectiv sunt pe drum încoace, îi spuse el.

-Atunci ar trebui să iau copiii înăuntru, Liliana murmură, întorcându-și privirile spre copiii care se jucau în curte.

Nu prea dorea să-i cheme în casă și să le strice bucuria. Știa că nu se poate să fi fost ușor pentru ei să lase totul în urmă și să se mute într-o altă țară.

La început, când le-a explicat intențiile ei, copiii i-au pus diverse întrebări, dorind să știe când vor putea să-și vadă prietenii și bunicii din nou. Dar cu cât s-a apropiat ziua plecării, întrebările s-au oprit, iar Liliana era îngrijorată acum pentru că brusc nu mai știa ce gândeau cei doi gemeni.

-Nu din cauza noastră, clarifică Victor situația. *Noi* vom merge în casă dacă va fi necesar. Cred că vremea asta caldă nu va ține prea mult timp, continuă el, iar vocea lui trăda faptul că gândurile îi erau în altă parte.

Își înclină capul spre soare, bucurându-se de mângâierile fierbinți ale razelor de soare pe chipul său neras. Nu se bărbierise de câteva zile, dar nu era pentru prima dată când i se întâmpla așa ceva, așa că nu îl deranja prea mult.

-Lasă-i să se distreze afară un pic mai mult, concluzionă el, lăsându-se și mai mult pe spate pe sofa.

-Bine, atunci. Ar trebui să mai fac niște cafea dacă vin detectivii, nu-i așa? îl privi ea interogativ.

-Dacă vrei, da, de ce nu? Sunt sigur că ar vrea să bea niște cafea. Dar dacă ai alte planuri...

-Nu, nu am, își scutură ea capul.

Liliana nu avea nici un fel de planuri pentru acea zi. Încă mai suferea de pe urma călătoriei și a schimbării de fus orar și nu își putea organiza ideile.

Victor nu corespundea defel așteptărilor ei, iar accidentul pe care acesta îl suferise făcea ca situația să fie complet diferită față de cea la care se așteptase inițial. Omul se oferise să îi găzduiască pe ea și pe copii, așa că nu-i putea întoarce spatele când el avea nevoie de ea, oricât de mult încerca el să o îndepărteze.

Lilianei i-ar fi plăcut să hoinărească prin oraș pentru o vreme, dar se gândea că ar fi fost mai bine să evite un scandal imens cu Victor. Bărbatul fusese extrem de insistent ca ea să rămână acasă atunci când îi menționase mai devreme că ar fi vrut să iasă în oraș.

-Le-am promis părinților mei să-i sun imediat după sosire, spuse ea, iar nesiguranța i se reflectă clar în voce. Dar nu știu cum să fac să-i sun. Sunt sigură că sunt deja îngrijorați pentru că știau la ce oră trebuia să aterizeze avionul. Au trecut deja mai multe ore de la sosirea noastră.

-Folosește telefonul meu, răspuse Victor împingând telefonul mobil spre ea. Nu uita să formezi 011 înaintea numărului, o sfătui el. Și când eu nu sunt disponibil, există un alt telefon în casă. Îl poți folosi și pe acela, continuă el, lăsându-se și mai mult pe spate și închizând ochii, bucurându-se de jocul razelor de soare pe chipul lui.

-Cât va costa? întrebă ea mușcându-și buza inferioară.

Venise cu ceva bani la ea, dar nu cu foarte mulți, și trebuia să se asigure că îi vor ajunge până ce va găsi o slujbă.

Victor deschise ochii imediat și se încruntă la ea.

-Doar n-o să-ți iau banii, mormăi el. Oricum, am un plan special, minți el, dând din mână. Poți să-i suni pe ai tăi când vrei fără să-ți faci probleme, îi alungă el temerile.

Liliana se uită la el cu coada ochiului. Ceva din ținuta lui îi spunea că bărbatul o mințea de înghețau apele, dar nu prea se făcea să-l numească mincinos pe față.

Liliana oftă. Trebuia să-și sune părinții – probabil erau deja îngrijorați. Cum nu avea altă alternativă, luă telefonul lui și formă numărul, așezându-se într-unul din fotoliile din apropierea lui Victor.

Victor se minună că nu se dusese în casă să vorbească la telefon cu ai ei ca să nu-i audă el conversația, dar nu se agită prea tare și nici nu reflectă prea mult asupra subiectului. Nu era ca și cum ar fi fost ceva suficient de important pentru el.

UN IMIGRANT

CÂND DETECTIVII ȘI Axel sosiră, Victor era tot tolănit pe sofaua de pe terasă privindu-i pe gemeni ciondănindu-se. Un zâmbet îi încolțise în colțul gurii. Spre marea lui surpriză, îi făcea plăcere să-i vadă jucându-se și certându-se.

Nu avusese chef să se miște deloc, iar ca urmare, acum nu mai simțea decât o durere surdă. Probabil pentru că întreg corpul îi era amorțit complet din cauză că rămăsese în aceeași poziție vreme îndelungată.

Leah și Liliana pășiră mai întâi afară din casă, convesând în surdină. Axel și un alt bărbat pe care Victor nu-l mai întâlnise niciodată înainte, ieșiră abia după aceea. Axel se îndreptă direct spre Victor și-l împunse cu cotul, iar acesta se strâmbă.

-Văd că ai mai multă culoare în obraji, Axel remarcă cu un surâs pe buze. Scuze, dar trebuie să mă ocup de ceva anume, spuse el, ridicând o pungă de la Toys R Us.

Mai întâi, îi arătă lui Victor ce se găsea în pungă, iar Victor îi aprobă alegerea. Apoi, Axel se îndreptă hotărât spre cei doi frați care iar erau pe punctul de a se lua la harță.

-Tu nu ai atins fluturele, Maria spuse printre dinți și dădu din picior iritată.

Își pusese pumnii pe șolduri și se uita cu un aer amenințător la fratele ei, încercând să-l intimideze, dar Lucian părea departe de a fi intimidat.

-Nu, nu, nu, cântă el. Nu eu am greșit. Tu nu ai prins fluturele, specifică el, și o împunse cu un deget în piept.

Ochii Mariei se îngustară primejdios. Când Axel a ajuns la ei, Maria era deja pregătită să sară pe fratele ei, iar grimasa de pe chipul ei deveni și mai feroce. Axel își scutură capul și râse.

-Hei, hei, așilor, nu este cazul să vă luați la bătaie. V-am adus daruri, interveni el, scuturând punga pe care o avea în mână.

Ultimele sale cuvinte le atraseră atenția și cei doi copii se întoarseră spre el în aceeași secundă de parcă ar fi fost trași pe ață. Reacțiile lor similare îl amuzau pe Axel enorm.

Remarcase astfel de răspunsuri simultane noaptea precedentă. Era adevărat că cei doi copii nu prea arătau a gemeni, dar reacționau la fel ca orice pereche de gemeni pe care o văzuse până atunci.

-Victor mi-a spus că aveți nevoie de o minge, spuse el și, fără să mai tragă de timp, deschise punga și scoase o minge roșu cu alb.

Ovațiile care au urmat după aceea erau asurzitoare.

-Înțeleg că vă place, remarcă Axel pe un ton sec. Însă auzul meu nu va mai fi niciodată același, se gândi el să menționeze, iar copiii îi surâseră diavolește.

Lucian smulse mingea din mâna lui, aruncând racheta de badminton la pământ. Maria icni, surprinsă neplăcut de grosolănia lui.

-Mama îți va pune pielea pe băț, strigă ea la el și imediat ridică racheta de jos. Nici măcar nu i-ai mulțumit domnului Axel pentru minge, sublinie ea.

-Doar Axel, fără domnul, interveni Axel și-i zburli părul castaniu al fetiței.

Părul fetiței părea identic cu părul mamei sale în culoare și desime, dar ea îl purta scurt, tăiat în scări și ciufulit. Șuvițele se simțeau ca mătasea sub degetele lui Axel, căruia îi plăcea textura.

-Dă-mi mie rachetele. Le voi duce la masă acolo, arătă el cu degetul mare în spate spre locul unde se aflau adulții, adunați în jurul unei mese joase în colțul organizat ca un salon.

Fetița îi mulțumi foarte politicoasă, după cum o învățase mama sa, iar apoi, fugi să se joace cu fratele ei cu mingea. Axel se întoarse la ceilalți cu pași mari, în același timp scuturându-și capul cu amuzament.

-Copiii aștia sunt ceva deosebit, se gândi el să menționeze când ajunse la masă.

Victor se mulțumi să dea din cap scurt. Era de acord cu Axel pe deplin. Copiii erau niște mici diavoli, deși educația pe care Liliana le-o făcuse cu încăpățânare era clar vizibilă.

-Ar fi trebuit să ne gândim și la niște jocuri, menționă Axel. Copiii se plictisesc ușor, îi explică el.

-Am jocuri în camera de activități recreative, replică Victor pe un ton dur.

Nu știa de ce, dar nu-i plăcea ideea ca Axel să preia controlul. Copiii erau musafirii lui până la urmă.

Axel îi aruncă o privire scurtă, iar apoi își scutură capul pentru a-l face să înțeleagă că nu era corect în presupunerile sale. Ca răspuns, Victor se încruntă la el. Pur şi simplu ura faptul că Axel își lua libertatea de a se plimba prin mintea lui ori de câte ori avea chef.

Liliana se aplecă deasupra lui Victor și îl întrebă:

-Mai vrei cafea?

-Da, dacă mai este cafea, da, mulțumesc, dădu el din cap, iar brusc ochii i se pironiră pe decolteul ei, care se găsea chiar în fața privirii lui. Ar fi fost dificil să nu-l vadă pentru că Liliana purta un tricou cu răscroiala foarte joasă.

'*Are niște sâni fantastici,*' gândi el, iar apoi își scutură capul de necaz. Nu era treaba lui să-i remarce sânii.

Axel râse și toți se întoarseră spre el plini de curiozitate. Leah își scutură capul la el mustrător, iar Victor mai că mârâi când înțelese că Axel își luase iarăși libertatea de a mai face o scurtă excursie prin gândurile sale.

Dându-și seama că Victor se holba la sânii ei, Liliana se înroși violent, iar apoi se îndreptă imediat. Jenată, aproape că scăpă carafa din mână, dar până la urmă, reuși să toarne cafeaua în ceașca lui Victor, vărsând numai câteva picături pe masă, pe care le șterse imediat cu un șervețel.

-Este aproape unsprezece, remarcă ea. Ce părere aveți de niște sendvișuri?

-Ți-am spus că nu este treaba ta să mă servești, se răsti Victor la ea.

-Nu te serveam pe tine, îi răspunse ea pe un ton arogant.

Liliana își puse mâna stângă pe șold, iar o scânteie de supărare îi luci în ochi. Se uită fix la el, încercând să-l intimideze și rebeliunea îi jucă în ochi.

Victor nu-și imaginase că acei ochi catifelați ar fi putut deveni duri ca oțelul și atitudinea ei îl surprinse.

'*Ei bine, se pare că se poate. E cazul să țin minte – niciodată să nu subestimez o femeie.*'

Lilianei nu-i plăcea înțelesul cuvintelor lui Victor, iar aceasta nu era prima dată când îi spunea acest lucru. Bărbatul îi dădea clar impresia că încerca din toate puterile să o țină cât mai la distanță de el. Liliana nu înțelegea de ce Victor se străduia atât de mult, pentru că știa că acțiunile ei nu aveau nici un fel de motive ulterioare în fond.

-Trebuie să le dau prânzul copiilor, așa că o să pregătesc mâncarea oricum. Mai mult decât atât, avem musafiri în casă, dacă tu nu ai remarcat încă, replică ea mânioasă.

-Ei nu sunt musafiri, se întunecă el la chip. Au venit aici cu o treabă, continuă el printre dinți.

-Să înțeleg că ești împotrivă să le ofer niște sendvișuri? se răsti ea, deja sătulă de răspunsurile lui evazive și dorind să-l audă spunând clar ce dorea.

Ceilalți trei urmăreau discuția dintre ei doi cu interes. Privirile lor alergau de la Liliana la Victor în același ritm cu replicile lor.

Liliana se simțise prost la început din cauza audienței, dar până la urmă decisese că dacă lui Victor nu-i păsa că ceilalți trei le auzeau discuția, atunci nici ei nu trebuia să-i pese.

Ea una știa că atunci când îți intra cineva în casă, gazda trebuia să pună ceva pe masă.

-Desigur că nu mă deranjează, replică el. Mă gândeam numai că nu este cazul să te deranjezi dacă aveai alte lucruri de făcut, preciză el pe un ton ursuz.

-Atunci poate ar fi cazul să nu mai presupui ce vreau *eu* să fac sau ce planuri mi-am făcut, îi replică ea cu neplăcere.

Își scutură de asemenea capul pentru a da mai multă greutate cuvintelor ei, iar ochii îi străluceau din cauza iritării.

-*Eu* sunt cea care decide atunci când este vorba de acțiunile mele, sublinie ea.

-O să țin minte, nici o grijă, mormă el și practic o concedie fără să-i mai arunce nici măcar o privire.

Liliana traversă terasa cu spatele drept, ținând una dintre mâinile ei strânsă în pumn pe lângă corp. Victor îi urmări mersul furios cu colțul ochiului.

Axel surâse, clătinându-și capul. Când vârful ascuțit al ghetei lui Leah îl pocni în fluierul piciorului, își întoarse ochii întrebători spre ea.

-Ce e? întrebă el gesticulând.

Leah se mulțumi să-și scuture capul la el încă o dată, pentru a-i indica că nu era cazul să-l tot incite pe Victor să reacționeze. Era adevărat că Victor era rănit pe moment, dar bărbatul nu lăsa impresia că va suporta interferența lui Axel prea multă vreme.

Axel nu era prost. Putea și el să vadă, la fel de bine ca și Leah, că Victor nu aprecia incursiunile pe care și le tot permitea Axel în mintea lui, dar cu toate acestea, se părea că lui Axel nu-i prea păsa cât de nemulțumit era Victor.

Leah era de partea lui Victor pentru că îi înțelegea foarte bine reacția. Nimănui nu i-ar fi plăcut să aibă mintea explorată tot timpul. Era o încălcare flagrantă a vieții private, iar acel lucru era de neiertat.

-Hai, să ne apucăm de lucru, spuse ea. Timpul zboară și noi nici măcar nu am început, preciză ea, arătând cu înțeles spre ceasul de la mâna ei. Deci Mark, spune-ne exact ce ai aflat. Victor trebuie să audă absolut totul ca să ne poată ajuta, îi explică ea cu răbdare subordonatului său.

Nu era prima dată când fusese nevoită să facă acel lucru în acea dimineață. Deja îi explicase situația lui Mark de doi ori mai înainte.

Mark putea să fie la fel de încăpățânat ca un măgar atunci când o dorea. Acum, lui Mark nu-i plăcea că Victor era implicat în munca lor, deși omul nu insistase defel să fie implicat în investigație. Leah decisese să-l includă pe Victor în anchetă pentru că, oricum, deja începuse să lucreze la acel caz, iar ajutorul lui se putea dovedi valoros.

După cum se și aștepta, Mark se încruntă. Cu toate acestea, își porni iPad-ul și deschise dosarul pe care îl pregătise pentru întâlnirea aceea.

-Am continuat cu cele șapte cazuri pe care le-ai anchetat deja, spuse el aruncând o privire spre Victor. După cum ai sugerat și tu, primele două accidente nu au adus nici un fel de lumină asupra cazului. Într-adevăr, nimeni nu ar putea dovedi că acelea au fost crime și nu accidente. Fără martori și fără nici un fel de evidență criminalistică ar fi dificil de construit un caz, dădu el din umeri, iar gura i se strânse cu duritate într-o linie subțire.

-Dacă am fi știut unde să ne uităm atunci când acele accidente s-au produs, explică Leah pe o voce apologetică, poate am fi găsit ceva să ne susțină teoria. În ambele cazuri, ofițerii chemați la fața locului nu au avut nici un fel de motiv să suspecteze crima, își ridică ea mâinile cu palmele în sus.

-Știu, aprobă Victor dând din cap. Am verificat și eu ambele cazuri și dacă nu aș fi știut că ceva era în neregulă din cauza celorlalte cazuri, nici eu nu aș fi suspectat nimic. De aceea le-am pus deoparte și am decis să mă ocup de celelalte, explică el.

-Mda, următoarele trei cazuri pe care le-ai investigat promit mult, într-adevăr, Mark aprobă și el. Nu știu cum de polițiștii nu au văzut evidența ce o aveau în fața ochilor. În special în cazul cu varza, spuse el și se cutremură. Ah, înfiorătoare cale de-a muri, mormăi el.

Victor își amintea de acel caz foarte bine. Ar fi fost și dificil să-l uite. Se presupunea că femeia, care avea doar treizeci și cinci de ani, își tăiase venele în timp ce încerca să înfigă un cuțit mare de bucătărie într-o varză. Făcea conserve pentru iarnă la vremea aceea.

Teoria era că nu a nimerit varza, iar cuțitul i-a penetrat încheietura mâinii cu care ținea varza în loc. Fusese o afacere foarte sângeroasă.

Soțul ei declarase că a găsit-o pe podea într-o baltă de sânge când se întorsese acasă, iar cuțitul era tot înfipt în încheietura ei în acel moment. Polițiștii care s-au deplasat la scena faptei nu au chestionat deloc inocența bărbatului. Au considerat cazul gata rezolvat.

-Cum de a putut medicul legist să ignore celelalte vânătăi de pe brațele ei, nimeni nu poate înțelege, declară Mark. Din fericire, încă mai avem pozele de dinainte de autopsie, iar vânătăile apar în poze și ne spun întreaga poveste.

-Dar ar trebui să fie ceva mai mult decât numai vânătăile, Victor spuse pe o voce încăpățânată. Știu că femeia a fost ucisă, și mai știu si că banii de asigurare au fost încasați, își ridică el mâinile brusc cu palmele în sus. Dar trebuie să fie mai mult decât atât, insistă el și își scutură capul. Este ceva ce nu am descoperit încă, din păcate. Brokerul cu siguranță a primit o parte din banii obținuți de pe asigurare pentru că altfel nu ar avea nici un sens să fie implicat, iar el e implicat, cu certitudine. A vândut prea multe polițe de acest gen, pentru a nu fi implicat. Deci este corect să presupunem că are și el de câștigat din această afacere. Acum problema care se pune este cum putea el să-l oblige pe soț să plătească în acest caz. O dată ce bărbatul a fost exonerat, nimeni nu ar mai fi aruncat o privire în direcția lui a doua oară. Dacă soțul a fost chiar el ucigașul, în fapt. Este posibil ca altcineva să-l fi ajutat. Iar crima nu este o afacere ieftină.

Mark îi aruncă o privire, iar triumful îi jucă în ochi. Era adevărat că Dobrotă a început ancheta, dar proprii lor oameni reușiseră să descopere punctul focal.

'*Doamne, cât de tânăr și cât de fraier este,*' Victor reflectă, luând notă de satisfacția care lucea în ochii detectivului. '*Ca și cum ar conta cine și ce a găsit. Aș fi crezut că ceea ce contează este să oprim aceste crime.*'

Victor mai că își rostogoli ochii în cap, dar simți zâmbetul amuzat al lui Axel și se opri. Se încruntă la el, dar Axel își ridică mâinile și râse.

-N-am făcut-o de data asta, spuse el, convins că Victor îi va înțelege cuvintele.

Evident, Victor îi înțelese sensul cuvintelor. Își imagină că Axel știa ce gândise pentru că îi văzuse expresia de pe față.

Deși nu prinsese ce dorea Axel să spună, sprâncenele lui Mark i se ridicară pe frunte. Declarația lui Axel nu făcea nici un sens in contextul discuției pentru că nu credea că Axel ar fi mărturisit vreo crimă. Nu-i plăcea omul, dar se vedea nevoit să recunoască că ar fi putut spune orice despre Axel, dar nu că era idiot.

-Deci? îl îmboldi Victor pe Mark.

Mark se uită la el chiorâș, nepricepând ce voia de la el, iar Victor oftă. Își aruncă privirea spre Leah, aproape implorând-o din ochi să facă ceva și să preia conducerea discuției.

-Mark, continuă cu relatarea, spuse ea. Ce conexiune am descoperit? Haide, spune-ne. Nu vezi că toată lumea așteaptă? îl îmboldi ea pe Mark să continue cu prezentarea faptelor.

-Oh, da, tânărul detectiv se înroși ușor. Anna i-a cerut contabilului nostru criminalist – un adevărat guru în domeniu, să arunce o privire la afacerea brokerului. Desigur, pe baza a ceea ce putem verifica fără ca să fie necesar să cerem un mandat de căutare, explică el.

Victor nu se putu opri să observe că și mâinile lui Mark purtau o conversație secundară.

-Oricum, continuă Mark, acest guru al nostru a reușit să determine că Smidgen face afaceri numai cu un singur individ în ceea ce privește brokerajul financiar. Aparent, acest individ oferă împrumuturi pe care, de regulă, le cere înapoiate într-o lună și la care aplică o anumită dobândă. Acum, mai interesant decât atât..., spuse Mark și apoi făcu o pauză pentru efect.

Victor ridică din sprâncene când Mark continuă să tacă fără să mai adauge nimic și un rânjet îi apăru pe buze. Victor presupuse că Mark avea doar puțin peste treizeci de ani, dar cu toate acestea se comporta ca un bărbat care abia trecuse de douăzeci de ani.

Leah își râse în barbă pentru că îl cunoștea bine pe Mark. Lucraseră împreună timp de mai mulți ani deja și se obișnuise cu toate idiosincraziile lui.

Acum, văzând jocul emoțiilor de pe fața lui Victor, putea să-l reevalueze pe Mark cu ochi noi, iar acțiunile lui o amuzau la fel de mult cum o amuzaseră și în trecut.

Victor înțelegea că Mark își oprise relatarea pentru a da mai multă importanță vorbelor sale. Cu toate acestea, polițistul nu mai continuă după cum ar fi fost de așteptat.

Victor își ridică privirea la cer ca și cum ar fi implorat intervenția divină. Axel zâmbi când îi văzu reacția și decise să intervină el însuși.

-Ce-i așa de interesant, Mark? întrebă el.

Mark se strâmbă. El se așteptase ca investigatorul de asigurări să-i ceară să continue. Mark simțea nevoia să-l audă spunând *te rog*.

-Se pare că Gunther într-adevăr avea unele informații pentru domnul Dobrotă, mormăi el.

CAPITOLUL 12 – BĂTĂLII PE TOATE FRONTURILE

-HAI SĂ UITĂM DE TOATE aceste formalităţi, îi întinse Victor o ramură de măslin lui Mark. Mi te poţi adresa pe numele de Victor, aşa cum face toată lumea aici, îl invită el.

Vocea îi suna destul de plăcut. Până şi umbra unui zâmbet îi apăru pe buze, chiar dacă zâmbetul nu-i atinse şi ochii.

Mark se uită la el dintr-o parte şi îşi încreţi nasul cu neplăcere, semn că nu aprecia de fel gestul de bunăvoinţă al lui Victor.

'*Crede că mă poate aiuri, hmm,*' Mark mustăci cu neplăcere. '*Nu pe mine. Nu poţi să mă cumperi cu atât de puţin.*'

Victor îi interpretă privirea în mod corect şi ridică din umeri. '*Ca şi cum mi-ar şi păsa.*'

Leah se mulţumi numai să-şi scuture capul, un semnal clar pentru Mark că ar trebui să-şi revizuiască comportamentul. Era obosită şi sătulă de resentimentele lui juvenile, mai întâi împotriva lui Axel, iar acum împotriva lui Victor.

Mark pretinse că nu i-a văzut gestul. '*Nu-mi poate face nici un fel de morală atâta timp cât eu nu văd,*' se gândi el copilărește.

-Mi-e foame, Maria trase de mâneca lui Victor.

Victor se strâmbă, dar se întoarse spre ea. Era a doua oară pe ziua aceea când cineva se apropia de el fără ca el să audă sau să simtă ceva.

Pe neașteptate, un zâmbet îi apăru pe buze. Chipul copilei era înroșit din cauza eforturilor pe care le făcuse și, desigur, câteva urme de negreală îi pătau albul cremos al pielii.

-Mama ta ar trebui să apară într-un minut. A spus că va face niște sendvișuri. Poate că ar trebui să mergeți înăuntru și să vă spălați pe mâini și pe față ca să puteți mânca, da? îi replică el pe o voce blândă.

-Bine atunci, spuse ea și chemându-și fratele, alergă în casă prin ușile franțuzești.

Băiatul lăsă mingea în urmă și o urmă ca vântul. Devenea din ce în ce mai evident că Maria era de fapt liderul dintre cei doi copii.

-Ești bun cu copiii, observă Leah, iar un zâmbet jucăuș îi apăru pe buze.

Victor nu spuse nimic, ci doar mormăi. Refuza clar să se gândească la astfel de lucruri și, în special, într-un context legat de copiii Lilianei. Nu că s-ar fi gândit vreodată în viață la copii.

Chiar în acel moment, Liliana ieși din casă cu o tavă cu boluri și farfurii. Ochii lui Victor se opriră pe ea automat și omul se încruntă.

El trăise cu impresia că fusese foarte clar. Îi spusese fără nici un fel de ambiguitate că nu trebuia să se obosească să facă atâtea lucruri.

-M-am gândit că o supă cu găluște ar merge foarte bine cu sendvișurile, le explică ea tuturor, un zâmbet calm încrețindu-i colțul ochilor.

Liliana avu mare grijă să evite ochii lui Victor. Îi remarcase încruntarea în momentul în care ieșise pe terasă și nu se simțea în stare să-i țină piept dacă ar fi fost atrasă într-o nouă discuție cu el.

Liliana chiar se întreba ce se întâmpla de fapt. Dacă stătea să se gândească, nu locuise în casa lui nici măcar douăzeci și patru de ore, dar deja ei doi avuseseră o serie de dezacorduri și fără nici un fel de motiv, până la urmă.

Liliana era și ea furioasă pe el. Ea refuza să accepte faptul că cineva nu i-ar oferi prânzul unui musafir, chiar dacă acel oaspete îi venise în casă cu afaceri.

Ea nu putea concepe că viața într-o țară străină ar fi putut să-l schimbe pe Victor într-atât de mult. Mama lui era o gazdă extrem de atentă, iar Liliana era convinsă că femeia l-a învățat și pe el să fie la fel.

Liliana puse tava pe masă și așeză câte un bol de supă în fața fiecăruia dintre ei. Apoi, așeză platoul cu sendvișuri în mijlocul mesei și alături de el puse teancul de farfurii în așa fel încât fiecare să se poată servi. Puse, de asemenea, niște șervețele în mijloc, iar apoi așeză lingurile pe șervețele.

-Dacă aveți nevoie de altceva, trebuie doar să-mi spuneți. Este cumva o problemă dacă eu și copiii mâncăm la masa de acolo? se uită ea spre Victor, arătând spre cealaltă masă de pe terasă.

-Nu, nu este o problemă, îi răspunse el pe un ton brusc, printre dinții strânși.

Era clar că Victor încerca să nu ridice vocea la ea din nou, dar, cu toate acestea, ochii lui continuau să îi arunce săgeți. O furie mocnită lucea în pupilele lui, iar furia aceea o îngrijora într-o oarecare măsură.

-Mulțumesc, răspuse ea politicos, hotărâtă să nu-i lase mânia să-i determine acțiunile. Unde sunt copiii ? întrebă ea pe un ton ușor mai ridicat decât înainte când își dădu seama că cei doi nu erau în curte unde îi lăsase.

Ochii i se măriseră, iar aceea demonstra că era cu adevărat speriată. Liliana era îngrijorată că ceva li se întâmplase și nimeni nu remarcase nimic pentru că erau ocupați cu alte lucruri.

-Nu i-ai văzut? Doar ce au trecut pe lângă tine când au fugit în casă, se minună Victor, iar uluirea îi străluci în privire. Tocmai ce au intrat să se spele pe mâini și pe față. Le este foame și își vor prânzul, menționă el.

-Oh, bine atunci, replică Liliana ușurată. Atunci mă duc să le aduc și lor mâncarea afară. Mulțumesc, spuse ea și porni în grabă spre casă cu pași hotărâți.

Victor oftă. Uitase cât de politicoși erau oamenii din zona lui de origine.

Și cu toate acestea, nu se simțea bine că femeia tot îi mulțumea când , în realitate, el nu făcea absolut nimic. Singurul lucru la care era bun pentru moment era să zacă undeva, ca o masă informă, incapabil să miște mai mult de un mușchi.

-Oooh, supă cu găluște, exclamă Mark, cu ochii fixați pe bol.

Înșfăcă una din linguri și atacă supa din bolul lui, iar ochii i se rotunjiră din cauza entuziasmului.

-Ai mai mâncat supă din asta? îl întrebă Victor pe un ton ușor arțăgos, în același timp ridicându-și sprânceana stângă ironic.

Mark își scutură capul și, apoi, băgă lingura plină cu lichidul auriu în gură.

-Atunci de ce naiba ești atât de entuziasmat? nu își mai putu ține Victor gura închisă. Este posibil să fie oribilă din câte știi tu, comentă el sarcastic.

Mark se opri un moment, șocat de cuvintele lui Victor, dar apoi dădu din umeri.

-Pentru că mi-e foame. Dar acum că am și gustat supa pot să spun că e gustoasă. Încearc-o și tu, îl invită el pe Victor pe o voce entuziastă, fluturând lingura.

Victor se strâmbă și încercă să evite picăturile de lichid care zburau de pe lingura lui Mark. Iritarea lui vis a vis de bărbat creștea exponențial și devenea din ce în ce mai evidentă.

Victor își dădu ochii peste cap, oftă din nou și replică:

-Știu ce gust are supa de găluște. Îmi imaginez că este bună. Liliana nu ar fi putut să dea greș cu ea chiar dacă ar fi încercat. Și oricum, de regulă, femeile din regiunea de unde provine ea știu să gătească, menționă el, luându-și și el lingura de pe masă.

Umplându-și lingura cu supă, o duse la gură. Într-adevăr avea gust bun și el dădu din cap cu satisfacție.

-Mă rog, marea parte a femeilor, își revizui el afirmația, gânditor. Am o mătușă, știți. Oricât de mult a încercat femeia – și a încercat, nimeni nu poate nega că nu s-a străduit, nici măcar câinele nu-i mânca mâncarea, își scutură el capul cu regret, în timp ce Axel râdea ca un nebun.

-Pe bune? Nici măcar câinele? întrebă Axel de parcă nu-i venea să-și creadă urechilor.

-Pe bune. La ei în casă, unchiul meu gătește. Vezi tu, unchiul meu este un om care apreciază o mâncare bună, așa că a trebuit să învețe cum s-o facă, a explicat Victor pe un ton sec.

-Supa asta e bună, într-adevăr, spuse Mark arătând cu lingura spre bolul din fața lui, fără să pară a se adresa cuiva specific. Păcat că-mi plac femeile blonde, mormăi el, dar în ciuda murmurului său, Victor îl auzi foarte bine.

Se aplecă peste masă, fără a da nici o atenție durerii ascuțite din partea de jos a abdomenului, și îți aținti privirea drept în ochii lui Mark.

-Nici măcar să nu te gândești, îl avertiză el printre dinți, iar ochii îi deveniră duri și amenințători.

Axel o împunse cu cotul pe Leah, iar ea dădu din cap aproape imperceptibil. Desigur că remarcase comportamentul teritorial al lui Victor. Ar fi fost și dificil să nu îl observe. Nu era cazul ca Axel să se obosească să-i atragă atenția.

Ea observă, de asemenea, că Mark pur și simplu înghețase, mâna cu lingura oprindu-i-se aproape de gură. Leah abia reuși să-și stăpânească râsul, iar pentru a-l acoperi, tuși de câteva ori.

-Ne spuneai despre ce avea Gunther pentru Victor, Leah interveni plină de tact, sperând să oprească scânteile dintre cei doi.

Nu că s-ar fi așteptat ca Mark să se ia la bătaie cu Victor, dar nu era atât de sigură de ce ar fi putut aduce temperamentul volatil al lui Victor. Omul părea destul de furios și gata să reacționeze. Empata din ea simțea că bărbatul se lupta amarnic cu impulsul de a-l pocni pe detectiv.

-Ah, da, sări Mark imediat pe șansa de a schimba subiectul de discuție. Este posibil ca Gunther să fi avut ceva cu el când a venit la locul de întânire cu tine, îi spuse el lui Victor. Este posibil ca ucigașul să fi luat informația cu el după ce l-a ucis. Am găsit în buzunarul de la haina lui Gunther o bucățică ruptă dintr-un fel de plic făcut din hartie tare, care cu siguranță provine dintr-un plic folosit pentru un disc. Evident era îmbibată cu sânge. Oricum, omul avea un alt disc la el acasă. Echipa criminalistică aproape că a trecut peste el fără să-l vadă. Gunther îl lipise sub masa lui din birou. Sunt tot felul de tranzacții pe acel disc și totul este foarte bine organizat. A scris absolut totul: număr de poliță de asigurări, suma asigurată, suma împrumutului și data la care împrumutul trebuia să fie plătit. Sunt convins că există urme electronice pentru toate acestea, concluzionă el, iar după aceea se mai servi cu supă, oftând mulțumit.

-Putem folosi dosarul pentru a determina cât a luat fiecare, menționă Leah, gustând și ea din supă, iar ochii i se închiseră de plăcere. Liliana chiar știe să gătească, spuse ea.

-Ești un ticălos norocos, interveni și Axel, iar apoi râse când Victor mai că mârâi la el.

-Acum trebuie să determinăm cum a fost ucis fiecare, spuse Mark, fluturând mâna cu care ținea lingura, ceea ce îl făcu pe Victor să-și încrucișeze ochii încă o dată. Și desigur, cine a comis crimele, mai adăugă detectivul.

-Mai mult decât atât, trebuie să prevenim alte crime, Leah sublinie. Le-am cerut celor două companii de asigurări să verifice și să ne dea totalul polițelor de acest gen care au fost vândute în ultimele șase luni. Plecăm de la premisa că toate crimele au loc în mai puțin de șase luni și sperăm să nu ne înșelăm, explică ea, iar apoi se servi cu un sendviș. Dar să mă gândesc că ei ar avea răbdarea să aștepte o perioadă mai lungă de timp..., își scutură ea capul cu îngrijorare. Imaginează-ți că în acel caz nu vom reuși niciodată să închidem această anchetă, continuă ea cu neplăcere.

-Acesta este un punct de plecare bun, aprobă Victor. Poate că ar trebui să discutați cu cei doi specialiști de reclamații cu care am discutat eu. Este imposibil ca ei să nu cunoască alți auditori ca ei în oraș, oameni care lucrează pentru companii mici. Și atunci puteți lua legătura și cu ceilalți. Ei pot verifica dacă așa ceva s-a întâmplat și în cazul polițelor de asigurări vândute de alte companii de asigurări, propuse Victor și toată lumea, inclusiv Mark aprobă.

-Da, este o idee bună, spuse Leah după ce înghiți bucata de sendviș pe care o mesteca. Ar trebui să-i cerem Annei să îi contacteze, se întoarse ea spre Mark.

Mark imediat se întinse să-și ia telefonul mobil. Nu avu însă timp să formeze numărul Annei pentru că telefonul lui Leah sună și ea răspunse. Cu o încruntătură serioasă pe față, Leah ascultă câteva momente, iar apoi se uită la ceas.

-Bine, voi ajunge acolo în vreo treizeci de minute, în funcție de trafic. Păstrează ofițerii la fața locului și cere să fie trimisă echipa criminalistică să examineze scena, ordonă ea și deconectă apelul.

-Avem un nou '*accident*', spuse ea, dar chipul ei nu se destinse defel. Aceeași încruntătură îi marca fața.

Își îndesă telefonul înapoi în geantă și-și scutură capul, iar supărarea îi era clar înscrisă pe chip. Apoi se întoarse spre Victor și-i spuse:

-Atunci când am găsit dosarul acela acasă la Gunther, am verificat să vedem care dintre asigurați mai era în viață și am făcut o listă cu numele oamenilor. Acea listă a fost circulată prin toate secțiile de poliție. Am considerat că măcar așa, dacă ar fi avut loc vreun alt accident, ofițerii nu-l vor nota în rapoarte doar ca un accident și ne vor chema. Ceea ce au și făcut. Unul dintre asigurați tocmai a avut un '*accident*', încheie ea pe o voce obosită.

-Mi-era teamă de asta, îi răspuse Victor scuturându-și capul, iar buzele îi deveniră o linie subțire dură.

-Trebuie să mergem, le spuse Leah celorlalți doi, pregătită să se ridice și să plece. Își luase deja geanta în poală.

-Bine, bine, lasă-mă numai să-mi termin supa, mormăi Axel nemulțumit. Nu mai mult de două minute. Sunt sigur că nimic nu se va schimba în următoarele două minute, spuse el cu hotărâre și își scufundă lingura în supă din nou.

Mark îi susținu propunerea scuturându-și capul viguros, arătând și el că nu dorea să plece. Apoi începu să-și mănânce supa cu viteză, de parcă ar fi fost ultima lui zi pe pământ.

Leah și Victor schimbară priviri amuzante. Știau că cineva murise, dar știau și că trebuiau să păstreze distanța și să se pregătească pentru ce urma să vină.

CAPITOLUL 13 – NEMULȚUMIRI LA LOCUL CRIMEI

Leah nu-și putu crede ochilor când păși în casa victimei urmată de Axel și Mark. Mai mulți ofițeri de poliție se plimbau prin jur, fără nici cea mai mică grijă că ar fi putut distruge dovezi importante. Se învârteau prin casă de parcă se găseau în zona cu restaurante de la mall.

Detectiva abia se stăpâni să nu ofteze, dar ochii i se îngustară amarnic și aruncară săgeți în dreapta și în stânga. Mâinile i se strânseră în pumni atât de tare încât unghiile îi zgâriau pielea de pe palme.

Leah cercetă în jur să găsească persoana responsabilă pentru acea flagrantă încălcare a procedurii, gata să o facă bucățele. Ceea ce se întâmplase nu era numai o violare a regulilor și o lipsă de respect față de ordinele pe care ea le dăduse, dar era și o lipsă totală de respect față de propria lor uniformă.

Leah intră tropăind în casă fără să-și ascundă furia. Nici nu ajunsese bine la mijlocul holului că tăcerea se lăsă în jur.

Axel și Mark o urmau îndeaproape. Amândoi îi împărtășeau indignarea și uimirea. Nu era ca și cum ofițerii nu fuseseră preveniți și nu știau că era posibil să aibă o crimă în mâinile lor.

Axel mustăci, iar buzele i se arcuiră într-un rânjet sardonic. Remarcase deja reacția ofițerilor de poliție în uniformă când dăduseră cu ochii de Leah. Ochii li se umpluseră de panică.

Ceea ce nu putea el înțelege sub nici o formă era cum de nu s-au gândit că Leah va veni la fața locului. Fusese doar notificată despre '*accident*', iar ea îi informase că va sosi acolo curând.

Starea locului crimei îl supăra și pe Axel, dar acest lucru nu îl oprea să nu se amuze probând gândurile unuia sau altuia. Era mai mult decât edificator să vadă niște bărbați atât de bine făcuți înspăimântați de o mână de femeie.

Leah se opri numai după ce intră în bucătărie. Acolo, un detectiv vorbea cu medicul legist, fără să fie conștient că Leah ajunsese deja la locul crimei și că se găsea la o distanță destul de mică de el, astfel auzindu-i cuvintele foarte bine.

-Ei, oricine poate vedea că a fost un accident, dar știi cum sunt femeile. Ele întotdeauna trebuie să facă din țânțar armăsar, spuse el cu ironie mușcătoare.

-Ești sigur, Mike? îl întrebă Leah pe un ton înșelător de calm, când se opri chiar în spatele lui.

Când cuvintele ei îi ajunseră la urechi, ofițerul se strâmbă și se întoarse spre ea. Gura îi era strânsă de neplăcere, iar consternarea i se citea pe față. Nu era tocmai încântat că detectiva auzise ce a spus.

Mike deja avea o reputație mai specială printre colegii săi. Toată lumea știa care îi erau opiniile în legătură cu colegele sale polițiste.

Fusese deja admonestat de câteva ori pentru punctele lui de vedere misogine și ultimul lucru pe care și-l dorea era să fie din nou admonestat pentru ultima lui remarcă. Nu ducea lipsa unei noi note negative în dosarul său. Din cauza raportelor anterioare ce fuseseră atașate la dosarul său, nu obținuse nici o promovare de-a lungul ultimilor trei ani.

-Detectiv Leah MacKay, murmură el cu neplăcere.

Dar cu toate că era neplăcut surprins, tot nu se putu controla și, ca de fiecare dată când se găsea în prezența ei, ochii săi măturară peste trupul femeii fără grabă. Faptul că avea o nevastă acasă nu însemna că era și orb.

Privirea lui era clar privirea unui bărbat ce analiza fizic o femeie, iar lui Axel nu îi conveni deloc. Avansă cu pași apăsați până ce ajunse să stea umăr la umăr cu Leah.

Ochii lui negri precum cărbunele deveniseră duri într-o secundă, iar Axel îl privi pe celălalt bărbat fix, fără să clipească. Lucirea metalică din ochii lui Axel, precum și poziția sa beligerantă, îl avertiza pe ofițer că ar fi fost mai bine să facă un pas înapoi și să înceteze să o analizeze pe Leah, evident, dacă punea oarece preț pe propria-i piele.

Axel era un bărbat mare, atât în înălțime cât și în construcție, iar ținuta lui era amenințătoare. Mike înțelese imediat că trebuia să-și reconsidere acțiunile și să o trateze pe locotenentă cu politețe. Dădu din cap, ochii săi exprimând scuzele de rigoare, ceea ce îl satisfăcu pe Axel.

Inima lui Mike se strânsese de iritare. Ura faptul că era obligat să dea înapoi în fața lui Arnett. Mike era și el un bărbat destul de mare, dar Arnett, pe care îl întâlnise în trecut, era mult mai înalt, iar ceva în prezența lui îl făcea întotdeauna pe ofițer să transpire.

Mike niciodată nu înțelesese de ce îi era atât de teamă de Arnett, dar prefera să îl ocolească de la distanță. I se părea că ar fi fost mai înțelept și întotdeauna se comporta prudent în peajma lui Axel. La o adică nimeni nu putea spune că Mike nu avea inteligența necesară și nu știa să adopte cea mai bună cale de acțiune, mai ales când era vorba de protejarea propriei sale persoane.

După ce l-a cunoscut cu adevărat pe Axel, Leah niciodată nu a considerat că bărbatul ar putea reprezenta o amenințare pentru careva, dar trebuia să admită că omul avea o prezență destul de impozantă. Și cu toate acestea, el niciodată nu-și folosise mărimea să o impresioneze sau să o intimideze.

Leah pretinse că nu a observat jocul de putere dintre cei doi bărbați și spuse pe un ton egal:

-Deci, Mike, înțeleg că ai impresia că exagerez numai pentru că femeile sunt predispuse să facă din țânțar armăsar.

Mike se strâmbă. Putea deja auzi predica pe care șeful cel mare urma să i-o țină în momentul când va auzi despre cuvintele ce i-au scăpat din gură. De data aceasta, probabil că nu va mai scăpa numai cu o admonestare. I se spusese să aibă grijă de ce scoate pe gură pentru că dacă nu, va suporta consecințele.

Își trecu degetele prin părul scurt, respirând adânc. Se gândi să liniștească apele cumva și încercă să-și explice cuvintele.

-Nu asta am vrut să spun. Am vrut doar să arăt că situația de aici, spuse el arătând înspre cadavrul de pe podea, nu ar putea fi considerată altceva decât un accident.

-Și de ce crezi asta? întrebă Leah, privindu-l insistent, într-o manieră ce-i producea ofițerului furnicături sub piele.

-Individul a murit din cauza unei obstrucționări a căilor respiratorii. Mai specific, a murit pentru că probabil și-a înghițit prânzul cu prea multă lăcomie și un os i s-a oprit în gâtlej, explică detectivul, indicând din nou spre corpul victimei cu mâna.

Victima, un bărbat masiv, căzuse lângă masă, cu degetele curbate în apropierea gâtului, de parcă ar fi încercat să-și deschidă gâtlejul cu unghiile, dar nu a mai reușit să o facă în timp util.

-Înțeleg, murmură Leah. Și cu toate acestea, aș vrea să văd eu însămi cum stau lucrurile, replică ea pe un ton dulceag, iar tonul vocii ei avu darul de-a aduce broboane de sudoare pe fruntea ofițerului.

Omul avea o presimțire neplăcută. Locotenenta era prea liniștită și nu părea să se teamă că ar fi făcut o greșeală. Cunoscând-o pe locotenentă foarte bine, aceasta putea să însemne un singur lucru – el era cel care făcuse eroarea. Mai mult decât atât, nici măcar nu se obosise să păstreze locul crimei intact pentru că nu suspectase că ar fi ceva în neregulă.

'*Dacă asta este într-adevăr o crimă, atunci am încurcat-o rău de tot,*' mai că gemu el. Admonestarea venită din partea șefului cel mare părea să devină o certitudine din ce în ce mai întunecată.

Simpatizând cu el, deși știa că omul nu o merita, Axel îl bătu pe umăr și-și scutură capul cu regret. Buzele i se strânseseră într-o linie subțire, aspră, de parcă l-ar fi compătimit pe detectiv.

Gestul lui Axel îl șocă pe ofițer pentru o secundă, dar apoi acesta își încleștă pumnii. Nu avea nevoie de mila lui. Se trase la o parte, pentru ca Axel să nu-l mai poată atinge. Axel se mulțumi doar să dea din umeri, indiferent față de comportamentul detectivului.

-Doctore, înțeleg că omul a decedat din cauza unei obstrucții a căilor respiratorii, Leah se așeză pe vine lângă medicul legist, care încă mai verifica cadavrul. În afară de aceasta, mai vezi altceva? întrebă ea, ochii ei cercetând brațele victimei.

Se părea că victima prefera să-și ia prânzul la bustul gol. Se putea presupune că a adoptat acea ținută pentru că vărsa mâncare pe el. Leah observă urmele de mâncare de pe pieptul și abdomenul lui. Petele alcătuiau o hartă bizară.

Dar nu acelea prezentau interes pentru ea. Ochii ei alunecară peste pete în căutarea a ceva mai important.

Tatuurile de pe armele vânjoase ale bărbatului o fascinară pe Leah. Acestea se învârteau în jurul bicepșilor impresionanți, se urcau pe umerii bărbatului, iar apoi coborau pe pieptul lui.

-Tatuurile vor face căutarea mai dificilă dar nu imposibilă. Tot voi putea vedea dacă există vânătăi pe brațe. Dar mai curând i-aș verifica spatele gâtului și obrajii, dacă tu crezi că aceasta este o crimă, legistul explică atunci când îi remarcă fascinația cu tatuurile victimei.

Leah îi aruncă o privire interogativă, iar medicul legist se decise să-i explice mai pe larg.

-Vezi tu, trebuie să fi fost ținut pentru a-i putea înfige osul acela pe gât. Dar oricine a făcut asta, ar fi trebuit să-i țină atât gura deschisă cât și capul nemișcat. Cel puțin doi bărbați puternici ar fi fost necesari pentru aceasta, notă el doar în trecere. Oricum, presupun că trebuie să fi existat puncte de presiune aici, pe ambii obraji și la ceafă, pe gâtul lui.

-Cu barba aceea nu se poate vedea nimic, remarcă Mark, scuturându-și capul cu neplăcere.

-Va trebui să-l bărbierim, asta e adevărat, medicul legist aprobă dând din cap. Dar acum că am terminat cu partea din față a corpului și am făcut deja toate pozele necesare, mă gândesc să-l întorc pe burtă. Apoi, voi putea verifica partea din spate a gâtului.

-Bine, fă-o, fu de acord Leah, ba chiar îl ajută să întoarcă acel munte de om pe burtă.

Doctorul îndepărtă părul neîngrijit de pe gâtul omului și, evident, găsi semnele care arătau că o mână mare pusese presiune pe ceafa bărbatului.

-Ei bine, este crimă într-adevăr, oftă medicul legist.

Cuvintele lui îl înghețară pe Mike câteva secunde. Apoi, bărbatul își masă ceafa cu gesturi nervoase.

Axel nu-și putu opri curiozitatea și făcu o scurtă incursiune în mintea lui Mike. Citi noianul de înjurături care trecură prin mintea detectivului și își dădu ochii peste cap.

Era însă mulțumit că cel puțin detectivul nu a spus nimic cu voce tare. Axel nu ar fi apreciat un asemenea limbaj în prezența lui Leah.

-În regulă, se îndreptă Leah. Anunță-mă când ai terminat autopsia, doctore, îl rugă ea pe legist.

Doctorul dădu din cap că o va anunța, iar apoi le semnală tehnicienilor de la morgă să pună cadavrul într-un sac de plastic. Leah privi procedura gânditoare, iar apoi se întoarse spre Mike.

-Cred că soția este beneficiara poliției lui, dacă îmi amintesc corect. Știi cumva unde este?

Mike arătă spre curtea din spate, iar în același timp își trecu degetele prin păr ciufulindu-l. Chipul său arăta semne de oboseală și brusc părea înfrânt. Obrajii îi erau palizi, iar strălucirea din ochi i se stinsese. Avu nevoie de câteva momente ca să-și găsească cuvintele.

-Este afară în curte cu o polițistă în uniformă. Plângea și se văieta...

-A spus ceva? îl întrebă Leah, deși știa că îi va pune și ea întrebări soției victimei.

-Numai că a așezat prânzul pe masă și că el a insistat să bea bere, dar nu mai aveau nici o sticlă în casă. Se pare că a amenințat-o și a trimis-o să-i cumpere câteva sticle de bere. A lipsit cam cincisprezece minute. Când s-a întors, bărbatul era pe podea, deja mort, iar ea și-a pierdut controlul câteva minute, șocată să-l găsească așa. Abia după aceea s-a gândit să sune la 911, recită Mike întreaga poveste pe o voce fără inflexiuni.

Tot nu-și revenise după ce a auzit verdictul medicului legist. Inima i se făcuse cât un purice așteptând reproșurile lui Leah.

-Înțeleg, spuse Leah. Mă duc afară să vorbesc cu soția. Adu aici echipa criminalistică să cerceteze bucătăria. Nu cred că se mai poate găsi ceva folositor în restul casei acum, dar măcar bucătăria nu a fost vandalizată, spuse ea pe un ton sec, iar apoi se îndreptă cu pași mari spre ușa din spate care, aparent, dădea spre curte.

CAPITOLUL 14 – TEORIE ȘI REALITATE

-Deci acum știm că au avut nevoie de trei bărbați puternici pentru această ultimă crimă, își termină Leah explicația.

Apoi se aplecă și se servi cu una dintre feliile de prăjitură pe care Liliana le lăsase pe masă. Era deja a treia felie pe care o mânca, dar pur și simplu nu se putea sătura. Combinația dintre gemul de caise, umplutura de nucă și glazura de ciocolată era de nerezistat.

Cu douăzeci de minute înainte, Liliana venise pe terasă și le adusese prăjiturile pe un platou. Leah o invitase să stea cu ei, dar ea îi refuzase invitația de a rămâne pe terasă.

Mai întâi, îi privise pe copiii care se jucau cu mingea în curte, iar apoi i-a aruncat o privire chiorâșă lui Victor pentru câteva secunde. Săgețile otrăvite pe care ochii ei i le-a aruncat bărbatului nu au rămas neobservate de ceilalți din jurul mesei.

Privirea ei spunea clar că îl găsea complet nesatisfăcător și că, în opinia ei, nu i-ar fi stricat câteva cuvinte de morală. După aceea, cu buzele strânse și capul sus, și-a îndreptat umerii și s-a îndreptat cu pași leneși spre ușile franțuzești care dădeau spre casă.

Ochii albaştri ai lui Victor se întunecaseră, o lumină periculoasă sclipind în pupilele sale negre, iar buzele i se strânseseră într-o linie subţire.

Nimeni nu se îndoia că ceva se întâmplase între cei doi. Era clar că nici unul nu era mulţumit de comportamentul celuilalt.

Curiozitatea lui Leah crescuse pe moment, dar totuşi nu a vrut să pună întrebări indiscrete şi s-a oprit din a citi mintea Lilianei sau a lui Victor. Îşi imagina că Victor le-ar fi spus despre ce era vorba dacă ar fi dorit ca ei să ştie ce se întâmpla.

Oricum, nu mai devreme de dimineaţa aceea, Leah îl avertizase pe Axel să nu mai vâneze gândurile lui Victor. Dictatul ei îi cam stricase dispoziţia lui Axel pentru o vreme, dar omul şi-a revenit destul de repede. Faptul că Axel nu era genul de om care să lase lucrurile să îl necăjească pentru mult timp era unul din calităţile sale care îi plăceau cel mai mult lui Leah.

-Ce spuneai? o întrebă Victor pe Leah, pretinzând că nu ştia la încotro se îndreptau gândurile poliţistei.

De fapt, auzise el destul de bine ce spusese Leah, dar nu era dificil să citească curiozitatea crescândă din ochii ei, iar Victor nu se simţea în stare să intre în detalii despre ce se întâmplase între el şi Liliana în acea dimineaţă. Nici măcar el nu ştia ce să mai creadă despre ultima lor discuţie.

-Am spus că trei oameni puternici trebuie să fi fost implicaţi în aşa numitul accident, repetă Leah cu răbdare, deşi simţi nevoia să-şi flexeze degetele.

Axel zâmbi. Îi ghicise jocul lui Victor şi suspecta că şi Leah îl înţelesese. Dar cu toate acestea, ea nu dorea să-l facă pe Victor să se simtă incomfortabil, aşa că accepta să joace după cum vroia el.

Doar Mark își strâmbă gura. Mark era încă ambivalent față de Victor. Nu era prea convins că prezența lui Victor în anchetă era de dorit, chiar dacă bărbatul le oferise niște idei bune. El considera că Victor era civil, iar în opinia sa, civilii nu ar fi trebuit să fie implicați în acțiunile poliției.

-Asta înseamnă că avem brokerul, cămătarul și cel puțin încă trei oameni implicați în această afacere, mustăci Victor. Dar știi ce mă întreb eu? spuse el și se aplecă să ia o prăjitură.

Așteptase suficient de mult timp înainte să se servească și, din păcate, și voința lui avea limite. Prăjiturile acelea reprezentau desertul lui favorit și le dusese lipsa. Maică-sa îl învățase cu ele de când era mic, iar el nu mai avusese parte de nici măcar o bucățică de când își vizitase casa natală ultima oară, iar aceasta se întâmplase cu ani în urmă.

Fusese mult prea ocupat și din cauza asta nu își mai luase o vacanță de patru ani. Petrecuse acei ani organizându-și o nouă viață în Toronto. Cumpărase casa, făcuse cursurile pentru a obține certificatul de investigator privat, iar apoi își construise clientela.

'*Mda, a cam venit timpul să-mi iau o vacanță, cu siguranță,*' mustăci el. '*Probabil că o voi face la vară.*'

Mușcă dintr-o prăjitură, iar când savoarea îi explodă pe limbă aproape că oftă de fericire.

-Ce-i? îl întrebă Mark nerăbdător, privind prăjiturile cu suspiciune.

După suspiciunea cu care se uita Mark la prăjituri, ai fi putut crede că cine știe ce substanță ilegală adăugase Liliana în compoziția lor.

Mark avea o slăbiciune pentru dulciuri, dar, în același timp, era și sclav al obiceiurilor și lucrurilor cunoscute. Nu simțea impulsul să încerce lucruri noi. În acel moment, nu înțelegea de ce toată lumea se agita atât de mult cu acele prăjituri.

Leah și Axel deja ronțăiseră vreo trei sau patru bucăți fiecare. Victor abia luase o bucată, era adevărat, dar ochii îi alunecaseră spre platoul cu prăjituri constant în ultimele douăzeci de minute. Iar dacă Mark ar fi fost să se ghideze după expresia de pe chipul lui Victor, prăjiturile acelea erau cu adevărat ceva deosebit.

Acest lucru îl determină pe Mark să încerce și el una. '*Doar n-o să mor până la urmă,*' reflectă el filozofic, iar apoi, precaut, alese cea mai mică bucată de pe platou și și-o îndesă în gură.

Abia atunci a înțeles și el de ce ceilalți erau atât de prinși de acele prăjituri. Mestecă rapid, mormăind cu încântare, și înhăță încă o bucată imediat.

Ceilalți trei îl priveau cu amuzament, iar Victor își scutură capul. '*Oare chiar am fost vreodată atât de tânăr?*' se întrebă el și nu pentru prima oară în preajma lui Mark. Nu-și putea aduce aminte. Viața lui abundase în evenimente și experiențe de tot soiul, iar el, inerent, pierduse ceva din sine însuși de-a lungul drumului.

-Spuneai? îl invită Axel pe Victor să vorbească, nesimțind nevoia să fie martor la lăcomia lui Mark.

-Ei bine, mă întreb cum de a știut nevastă-sa unde să se ducă. De unde a știut cu cine să vorbească. Nu-l văd pe broker să-și facă reclamă la acest segment al afacerii sale prin mijloace convenționale, doar știi și tu, își flutură el mâna cu nerăbdare.

-Asta-i o întrebare foarte bună, replică Leah. Și eu m-am întrebat același lucru.

-Probabil că ar trebui să-i verifici și pe ceilalți, propuse Victor. Beneficiarii celorlalte polițe, specifică el. Trebuie să fie un denominator comun pe undeva.

-Și dacă nu este? interveni Mark morocănos, vorbind cu gura plină.

Deja îi verificase pe câțiva dintre ei și nu găsise nimic în comun. Nu credea că altcineva ar fi putut descoperi ceva dacă el nu reușise.

-Nu, trebuie să fie ceva undeva, îl contrazise Victor cu încăpățânare. Altfel nu are sens, își scutură el capul. Ce știți despre nevasta ultimei victime? se întoarse el spre Leah.

-Femeia este casnică. Merge la biserică în fiecare duminică și are un grup de prieteni cu care își petrece timpul. Soțul fusese șofer de camion și era pe drumuri mai tot timpul, citi Leah din notițele ei. Dar, destul de interesant, spuse ea ridicându-și ochii spre Victor, unii dintre vecini au menționat că au auzit scandaluri serioase în casa lor, ori de câte ori bărbatul venea acasă.

-Atunci cum se face că nu le-a raportat nimeni? o întrebă Victor cu o privire plină de îndoială.

Cunoștea foarte bine legea din Ontario și nu își putea imagina că poliția ar fi stat deoparte fără să acționeze defel, permițându-i astfel unui bărbat să-și abuzeze nevasta.

-Vecinii spun că individul era de genul huligan și le era teamă de el. După părerea lor, chiar dacă l-ar fi arestat poliția, acesta tot s-ar fi întors înapoi după o vreme și le era frică. Se gândeau că se va răzbuna pe ei, ridică Leah din umeri. Se mai întâmplă câteodată, doar știi și tu, observă ea.

-Da, acesta ar putea reprezenta un motiv destul de rezonabil, aprobă Victor dând din cap. Au spus de la ce porneau scandalurile acelea? întrebă el, iar curiozitatea i se citea clar pe chip și-i strălucea și în ochi.

-Individul a crezut că... hai să spunem că nevastă-sa se distra cu alți bărbați când el era plecat, explică Leah cu un surâs diavolesc pe buze.

-Și avea dreptate să presupună asta? continuă Victor să întrebe.

-Oh, da, răspunse Axel, și dădu din sprâncene privindu-l pe Victor.

-Cum de știi asta? îl întrebă Mark, uitându-se la Axel chiorâș.

Mark știa foarte bine că atunci când au discutat cu femeia, nimeni nu a menționat nici un fel de afaceri amoroase clandestine. Și-ar fi amintit dacă ar fi fost cazul.

Axel dădu din umeri și, spre neplăcerea lui Mark, îi făcu cu ochiul.

-Era clar ca buna ziua. Era scris pe fața ei, Mark. Nu era deloc dificil de văzut, replică el cu convingere.

Victor își mușcă buza de jos ca să nu izbucnească în râs. Își imagina cum de '*citise*' Axel chipul femeii.

-Atunci, poate că ar trebui să-i căutați pe acești alți bărbați, cine știe, propuse Victor deschizându-și brațele. Unul dintre ei poate să fie conexiunea pe care o căutați. Oricum, nu aveți nimic de pierdut, sublinie el.

-Doar timp, mormăi Mark. Este o pierdere de timp să căutăm niște bărbați inexistenți numai pentru că Axel '*i-a citit femeii expresia facială,*' adăugă el pe o voce certăreață.

-Nu, nu este, îi replică Leah pe un ton liniștit, dar hotărât. Sună-l pe Josh și cere-i să verifice cum stă situația, îi ordonă ea detectivului.

Mark își făcu gura pungă, dar nu putea refuza un ordin direct de la superiorul său. Oricum, era recunoscător că cel puțin Leah nu-i ceruse lui să investigheze. Planurile lui nu implicau munca peste program.

Formă numărul lui Josh și, în același timp, profită să mai ia încă o bucată de prăjitură și să și-o îndese în gură. Devenise dependent de ele deja.

Leah își scutură capul și se uită urât la el. Mark se grăbi să mestece și să înghită. Brusc își aduse aminte că nu-i plăcea lui Leah să vadă pe careva vorbind cu gura plină.

Maria și Lucian alergară pe lângă ei râzând. Maria îi spuse ceva fratelui ei, dar Leah nu-i înțelese cuvintele pentru că fetița vorbise în română. Copiii alergară în casă, dar cu toate acestea râsetele lor tot se mai auzeau pe terasă.

-Mă gândeam să obțin un mandat de cercetare atât pentru broker cât și pentru cămătar, se întoarse Leah spre Victor.

-Pe baza a ce? o întrebă Victor pe o voce foarte practică.

-Pe baza zvonurilor, replică ea ridicând din umeri cu indiferență. Pe baza a ceea ce ne-ai spus tu. Știi că avem cauză probabilă, explică ea.

-Poate că aveți. Dar asta ar însemna să vă arătați cărțile, cred, explică Victor. Mă îndoiesc că este o mișcare bună, își scutură el capul. Poate că ar trebui să încercați ceva diferit mai întâi, spuse el abia audibil, părând ușor preocupat de altceva.

-Ce? îl întrebă Leah, aplecându-se spre el pentru a-l auzi mai bine.

Leah era așezată în fotoliul de vis a vis de Victor și dacă acesta vorbea abia șoptit, ea nu-l putea auzi.

-Mă întrebam și eu, știi, spuse el, întorcându-și privirea spre ea. Dacă acei oameni nu aveau nici o idee că erau asigurați?

-Ei, acum, asta este o idee, sări Axel în discuție, foarte interesat de noua direcție indicată de către Victor.

Până și Mark își termină discuția cu Josh imediat pentru a asculta ce avea Victor de spus. Nu se făcea să fie lăsat de-o parte.

-De ce crezi asta? îl întrebă Leah, frecându-și mâinile, ca și cum ar fi presimțit că și mai multă muncă îi va fi aruncată în poală.

-Ei bine, m-am interesat în jur zilele acestea, ca să spun așa. Știi și tu că nu e ca și cum aș putea face prea multe fiind închis în casă și nefiind capabil să mă mișc după cum aș vrea, își deschise el brațele.

Victor le arătă laptopul pe care-l lăsase pe masă, iar apoi continuă:

-Am verificat care e piața și care sunt prețurile pentru asigurările de viață. De asemenea, am citit câteva studii și am verificat statistici, știți ce vreau să spun, gesticulă el. Doar așa, ca să am o idee cât mai clară, ridică el din umeri.

Victor nu mai simțea acele dureri ascuțite la fiecare mișcare, iar acum compensa pentru toate ceasurile în care nu a putut face altceva decât să stea nemișcat. Atlfel, era un bărbat destul de economic cu gesturile sale.

-Și am descoperit ceva interesant, spuse Victor pe o voce egală. Oamenii între optsprezece și patruzeci, hai să spunem, chiar patruzeci și cinci, înclină spre un alt gen de asigurare de viață, nu aceasta, își scutură el capul cu convingere.

Privi spre fiecare dintre ei și observă confuzia de pe chipul lui Mark, dar și curiozitatea de pe fața lui Axel. Numai Leah păstra o expresie neutră. Victor se decise să le explice mai pe larg ce voia să spună.

-Da, aceasta este o poliță garantată, dar în mare parte fie oamenii foarte în vârstă ori oamenii cu probleme medicale caută acest tip de acoperire. Vezi tu, polița aceasta vine cu prime mai ridicate, dar se continuă până la finalul vieții persoanei asigurate și nu se cer nici un fel de teste medicale... Hai, să-i luăm pe oamenii pe care i-am investigat eu înainte ca voi să vă începeți ancheta, i se adresă el lui Leah direct.

Leah nu părea să arate a fi foarte interesată de ceea ce spunea el, dar nici nu părea să fi fost plictisită. Aceasta îl încurajă să continue în dezvoltarea teoriei sale.

-Nu cred că vreunul dintre ei avea peste patruzeci și cinci de ani sau avea probleme medicale. Nici unul dintre ei nu putea fi inclus într-una dintre aceste două categorii. Deci, întrebarea care se pune este de ce ar fi ales această asigurare anume dacă ar fi avut alte opțiuni, opțiuni mai bune, vreau să spun, spuse el.

Victor își scutură capul și-și flutură mâna. Era clar că el decisese deja că avea răspunsul corect.

-Nu, nu cred că acei oameni au ales această poliță de asigurare ei înșiși. Nici măcar nu cred că erau conștienți că erau asigurați, Victor își mai scutură capul încă o dată.

Leah și Mark se uitau fix la el. Se părea că aveau nevoie de puțin mai multe explicații.

-Ar trebui să verificați cu unii dintre oamenii care sunt încă în viață și au o poliță de asigurare pe viața lor, indică el. O să vedeți că am dreptate, dădu el din cap din nou. Acestea ar trebui să fie două direcții de anchetă importante pentru investigaţie, cred eu. Mai întâi trebuie să aflaţi dacă ştiau că au o poliţă de asigurare pe viaţa lor. Dacă nu ştiau, atunci ar trebui chestionaţi beneficiarii. Iar apoi, veţi afla cum de au ştiut beneficiarii unde să meargă ca să cumpere o astfel de poliţă şi, mult mai important, fără ca persoana asigurată să fie prezentă. Cel puţin, vă vor oferi unele informaţii dacă vor vedea că sunt pe cale de a fi arestaţi pentru fraudă cu asigurări.

Acum, toţi păreau confuzi. Victor admise că probabil nici unul dintre ei nu ştia cum funcţiona industria asigurărilor.

-Din câte am observat eu, le explică el, astfel de poliţe nu sunt eliberate decât în prezenţa persoanei asigurate şi numai cu semnătura acelei persoane pe contract. Desigur, atunci când veţi descoperi cum au reuşit acei oameni să cumpere asigurare pe capul altcuiva fără ca acel cineva să ştie acest lucru, atunci veţi afla cum de au ştiut ei cu cine să vorbească pentru ca persoana asigurată să fie ucisă. Absolut tot restul va fi floare la ureche, sublinie Victor.

Apoi, se lăsă mai pe spate, căutând o poziţie mai comfortabilă pe sofa. Era pe calea vindecării, dar tot mai avea unele dureri când şi când.

Câteva momente, Leah păru să se gândească la cele spuse de el, iar apoi aprobă dând din cap. Părerea lui avea merit.

-Ai dreptate aici, Victor. Cred că dacă ne concentrăm investigaţia pe oamenii care sunt încă în viaţă, putem probabil să ne încheiem investigaţia mai rapid şi să îi arestăm şi pe criminali şi pe instigatorii la crimă, îşi exprimă ea acordul.

-Desigur, dacă vreun alt '*accident*' are loc, tot va trebui să-l investigăm, menţionă Axel.

Nu suporta ideea ca cineva care a plănuit o crimă să scape nepedepsit şi să mai şi profite de pe urma crimei sale.

Victor aprobă spusele lui Axel, iar apoi alese o altă bucată de prăjitură.

Maria și Lucian ieșiră din casă din nou, de data aceasta având rachetele de badminton în mâini. Se apropiară de Victor cu pași ezitanți.

-Ne-am plictisit. Am jucat cărți și Monopoly, deși nu este deloc amuzant să jucăm doar în doi, Maria menționă. Vrem să ne jucăm badminton, dar mami a spus că ne trebuie aprobarea ta, explică ea.

Victor îi ciufuli părul și aprobă cu o mișcare a capului.

-Da, desigur că vă puteți juca badminton dacă vreți. Nu este necesar ca de fiecare dată să veniți la mine să mă întrebați. V-am dat rachetele de tot, așa că sunt ale voastre acum. Nu eu sunt cel care trebuie să aprobe sau nu ce vreți să faceți. Doar ce spune mama voastră contează. Dacă ea vă dă voie să jucați badminton sau să ieșiți în curte la joacă, evident că puteți. Permisiunea mea nu este necesară absolut deloc, le explică el pe îndelete pe un ton practic.

Ambii copii se uitară la el dintr-o parte, ca și cum nu l-ar fi crezut, iar el își încreți buzele.

-Acum ce mai este? întrebă el, iar de data aceasta nerăbdarea i se simți în voce.

-Nimic, spuse Maria repede. Ne vom juca acolo, îi arătă ea spre celălalt capăt al curții, iar apoi copiii fugiră într-acolo.

-Mor de curiozitate aici, spuse Axel după ce copiii nu-l mai puteau auzi. Se întâmplă ceva și trebuie să știu ce, aproape îl imploră el pe Victor.

-Vrei să spui că încă nu ai aflat? îl întrebă Victor pe un ton sec.

Axel își scutură capul viguros și-i aruncă o privire lui Leah.

-Nu, am promis, vezi tu, își mișcă el sprâncenele, iar apoi își înclină capul spre Leah pentru a clarifica afirmația.

Mark îl privi dintr-o parte. Nu înțelegea la ce se referea omul, dar avu sentimentul că ar fi fost important să prindă sensul cuvintelor lui.

-Înțeleg, murmură Victor. Ei bine, pentru că ai fost atât de plin de considerație, îți voi spune, deși nu îmi face nici o plăcere. Știi că nu m-am putut mișca cu ușurință în ultimele câteva zile. Așa că am rugat-o pe Liliana să răspundă la telefon dacă nu eram eu prezent. Azi dimineață, în timp ce făceam duș, a sunat maică-mea, le explică el, uitându-se în zare.

Ceva clar îl făcea pe Victor să nu se simtă în largul lui, iar Axel se aplecă în față, punându-și coatele pe genunchi. Își sprijini capul în palme, foarte atent la Victor.

-Azi am împlinit patruzeci de ani, mărturisi Victor, iar ceilalți trei exclamară surprinși.

-Pramatie ce ești! Și nu ai spus nimic, sări Axel în picioare.

În entuziasmul său, îl plesni pe Victor peste umăr destul de tare ca să-l facă să geamă. Ceilalți doi se strâmbară când ecoul plesniturii le ajunse la urechi.

-Scuze, se strâmbă Axel. Nu am avut intenția să te nenorocesc, râse el, oarecum mortificat din cauza lipsei lui de atenție. Am vrut numai să te felicit, îi explică el lui Victor.

-Mulțumesc, presupun, replică Victor pe un ton sec, iar un zâmbet apăru pe buzele lui Leah. Oricum, azi dimineață maică-mea a sunat să mă felicite. A vorbit cu Liliana, desigur, și i-a spus că este aniversarea mea de patruzeci de ani azi, se strâmbă el. Imediat, cuvintele mamei mele i-au pus în cap ideea că ar trebui să celebrăm. Ceea ce în traducerea ei înseamnă că trebuie să facă un tort și să gătească un festin adevărat, își dădu el ochii peste cap. Desigur, i-am interzis s-o facă.

-De ce? îl întrebă Leah pe un ton blând, înlănțuindu-și degetele.

-Pentru că nu am angajat-o pe post de menajeră în casa mea, de-aia, se răsti Victor la ea.

-Ah, înțeleg acum, spuse Axel. Ți-e teamă că va crede că o vei lăsa să locuiască aici numai dacă se va ocupa de anumite lucruri, dădu el din cap.

-Mă tem că exact asta și crede, replică Victor, dând din mână cu nerăbdare.

-De aceea nu te-a crezut fata când ai spus că nu ești în poziția de a aproba sau interzice ceva, concluzionă Mark.

-Probabil, mormăi Victor, simțindu-se copleșit de întrebările lor.

-Oricum, interveni Axel, intenționând să direcționeze discuția înapoi la aniversarea lui Victor. Este aniversarea ta de patruzeci de ani, omule, trebuie să o sărbătorești.

-Poate că da, replică Victor gânditor. Mă gândeam să-i sui pe toți în mașină şi să-i duc la Harbourfront. Așa pe la cinci sau cinci și jumătate... Să rezerv o masă la Irish Pub acolo, de exemplu... Să ne plimbăm apoi pe promenadă, spuse el cu ezitare, iar apoi se uită la Axel în căutare de alte idei. Nu au ieșit din casa asta de când au sosit și ard de nerăbdare să vadă orașul, mai spuse el întorcându-și mâinile cu palmele în sus.

-Nu-i deloc o idee rea, Victor, prietene, îi aprobă Axel planurile. Dar știi ce ar fi și mai bine de atât? rânji el.

-Văd că nu mai poți de nerăbdare să-mi spui, așa că..., spuse Victor pe un ton sec și-și deschise brațele.

-Invită-ne pe noi toți. Vom sărbători împreună. Suntem prieteni, până la urmă, îi aruncă Axel o privire plină de înțeles lui Victor. Și dacă ai alți prieteni...

-Nu pot spune că am, își scutură Victor capul. Am câțiva amici ici colea, dar nu sunt apropiat de cei din Toronto.

-Bine atunci, îi acceptă Axel răspunsul. Atunci invită-ne pe noi. Și după ce terminăm de mâncat la Irish Pub și am făcut plimbarea aia de care vorbeai, putem să mergem la mine acasă. Am un condo chiar acolo pe Harbourfront. Putem bea ceva, mai facem conversație, evident despre cu totul altceva, nu despre investigația asta, continuă Axel privindu-l întrebător pe Victor.

-De ce nu? acceptă Victor propunerea lui Axel. Hai, s-o facem. Sânteți de acord să veniți, da? privi Victor la ceilalți doi.

Mark își întoarse capul și pretinse că-i privea pe copiii care se jucau.

- Vorbeam și cu tine, Mark, spuse Victor.

Uluit, Mark își îndreptă imediat privirea înapoi spre el.

-M-ai invita și pe mine, spuse el pe un ton sec, dar ochii îi ieșeau deja din orbite de uluire.

-Da, râse, Victor. Te invit și pe tine. Ești liber? Ne întâlnim acolo, la Pub, la cinci și jumătate.

O umbră de regret trecu peste chipul lui Mark și acesta își scutură capul.

-Am o întâlnire, mărturisi el.

-Interesant, fluieră Axel. Cine e persoana?

-Axel, îl admonestă Leah ușor.

-Ce e? Doar întrebam și eu, protestă el.

-Adu-o cu tine, îi replică Victor lui Mark pe același ton.

Mark aruncă o privire fugară spre Leah, și atât Victor cât și Axel șoptiră la unison:

-Oh, oh.

Leah mustăci și îl întrebă pe Mark pe un ton insistent:

-Cine este de ești atât de evaziv?

Mark înghiți cu greu și își coborî privirea, atitudinea lui amintindu-i lui Leah de un copil prins cu degetele în borcanul de dulceață.

CAPITOLUL 15 – ADEVĂRURI ȘI DEZAMĂGIRI

COBORÂRĂ CU TOȚII DIN mașină într-o liniște relativă. Atmosfera dintre adulți rămăsese destul de încordată din momentul în care Victor îi anunțase că vor ieși în seara aceea.

Imediat după ce au ieșit din mașină, Liliana a și prins mâna lui Lucian într-a ei. Era Maria mai extrovertită și mai îndrăzneață, dar fetița o asculta atunci când îi spunea să nu plece de lângă ea.

Liliana putea întotdeauna să conteze pe ea că-i va rămâne alături. Fiul său era cel care o îngrijora pentru că în mod sigur ar fi luat-o la picior și s-ar fi pierdut pe undeva.

Aparent, băiatul avea o problemă serioasă cu auzul. Din ce văzuse Liliana de-a lungul vieții ei, cea mai mare parte a băieților și bărbaților împărtășeau acea problemă.

Cu toate acestea, Victor i-a observat gestul și, imediat după ce a încuiat ușile de la mașină, și-a întins brațul și a prins el fetița de mână. Mâna ei se simțea ciudat în a lui. Degetele ei se curbaseră în jurul degetului lui cel mare și gestul ei îl făcu să surâdă.

Apoi, Victor prelua conducerea și îi conduse pe drumul spre restaurantul irlandez. Restaurantul era situat pe marginea lacului și era foarte cunoscut atât pentru bucătăria excelentă și copioasă, dar și pentru vederea la lac.

După ce a reflectat serios, Victor a rezervat o masă pentru cinci și jumătate seara pentru că dorea ca detectivii să aibă suficient timp să ajungă acasă și să se schimbe.

Și Mark îi acceptase invitația până la urmă. S-a agitat el un pic la început, dar s-a lăsat convins în cele din urmă. Nu a uitat însă să sublinieze faptul că trebuia să se ducă să-și ia prietena mai înainte de a sosi la restaurant.

Victor nu a uitat însă că omul nu-i acceptase invitația grațios, iar acel gând îl măcina, deși încerca să nu ia reticența lui Mark ca fiind un atac personal. Își dăduse seama că de fapt Mark păruse mult mai îngrijorat că Leah o va întâlni pe prietena lui.

Dar cu toate acestea, interesant era faptul că bărbatul nu cedase presiunii, ba chiar a refuzat clar să dezvăluie identitatea femeii cu care se vedea.

Victor observase schimbul de priviri dintre Leah și Axel. Era clar că lui Axel i-ar fi făcut o mare plăcere să extragă informația din capul detectivului, dar locotenenta îi interzisese să-i citească mintea omului, iar Leah părea să fie foarte severă când își punea mintea.

Liliana îl privise și ea ciudat pe Victor când acesta o informase despre rezervarea pe care o făcuse la restaurant. Victor s-a întrebat de câteva ori dacă nu ar fi fost mai înțelept să fi discutat cu ea înainte de a telefona pentru a face rezervarea.

Probabil că ar fi trebuit să o invite la restaurant în loc să-i spună că vor ieși în oraș, dar acum era deja mult prea târziu ca să mai schimbe ceva.

Oricum, întâmplarea a făcut că i-a spus despre planurile lui în fața copiilor, iar ei imediat au trecut de partea lui. Practic, aceștia au urlat de plăcere pentru că, în sfârșit, aveau și ei ocazia de a ieși din casă.

Dată fiind situația, Liliana nu a mai avut de ales și nu i-a putut refuza invitația, așa cum ar fi dorit, dacă ar fi fost să se ia după expresia feței ei. Dar privirea neagră pe care i-a aruncat-o lui Victor l-a lăsat pe acesta să înțeleagă fără urmă de îndoială ce părere avea despre maniera în care manevrase situația.

De fapt, Victor nu fusese mânat de nici un fel de motive ulterioare sau, cel puțin, nu era conștient să fi avut asemenea motive. Nici măcar pentru o clipă nu-i trecuse prin minte că dacă i-ar fi spus Lilianei de ieșirea la restaurant în fața copiilor, aceasta nu l-ar fi putut refuza și ar fi trebuit să accepte.

Dar deși știa că nu avusese intenția să o pună în situația de a nu putea să-l refuze, tot îl necăjea ideea că nu s-a comportat tocmai corect față de ea. Cu toate acestea, nici nu putea spune că regreta ceea ce făcuse, pentru că, până la urmă, totul ieșise după cum își dorise el.

Și de altfel, nu considera că i-ar fi folosit la ceva să-și ceară scuze. '*La ce bun să-ți mai ceri scuze după ce deja ai făcut ceva?*' Victor era un om foarte practic și nu-și risipea timpul cu ceva ce părea fără sens.

Pe drum spre restaurant, atât Liliana cât și copiii își tot întorceau capetele în toate părțile și se uitau peste tot. De data aceasta, ziua de naștere a lui Victor căzuse într-o sâmbătă, iar

Harbourfront era înțesat de oamenii care voiau să profite pe deplin de temperaturile atipice de care se bucurase orașul în acel an.

Temperatura coborâse cu câteva grade a doua zi după ce Liliana aterizase în Toronto, dar diferența era nesemnificativă. În mod obișnuit, temperatura era mult mai coborâtă în regiunea de unde proveneau ei. Chiar și cei doi copii purtau numai tricouri peste blugi.

-Luci, uite acolo, strigă Maria, întorcându-și capul spre fratele ei. Vapoare. Mami, putem merge cu vaporul, mai că sări ea în sus, iar Victor surâse.

-Nu știu, spuse Liliana ezitând. Va trebui să vedem. Nici nu știu dacă sunt pentru public sau...

-Sunt pentru public, o întrerupse Victor. Ne vom interesa, da? privi el în jos spre Maria. Acum mergem să luăm cina. După aceea, vom merge la chioșcurile acelea și vedem cum stau lucrurile, îi promise el, iar copila îl recompensă cu un zâmbet uriaș.

Se strecurară cu oarece dificultate printre grupurile de oameni și, în final, reușiră să ajungă la restaurant. Câțiva oameni așteptau în fața tinerei care așeza clienții la mese și Victor își făcu loc cu coatele până ce ajunse în fața ei.

-Am o rezervare sub numele de Victor Dobrotă.

-Oh, desigur, tânăra îi zâmbi, arătându-i un șirag de dinți albi. Unii dintre prietenii dumneavoastră au sosit deja și vă așteaptă la masă, îl informă ea.

Luând două meniuri de pe masă, îi invită să o însoțească cu un gest larg.

-Ați spus că doriți o masă afară pe terasă, chiar lângă apă, spuse ea pe un ton ușor interogativ, iar Victor aprobă cu o mișcare a capului.

Continuând să zâmbească, femeia începu să se strecoare printre rândurile de mese până ce ajunseră la masa pe care o rezervase Victor. Acesta observă că, de fapt, două mese mari fuseseră unite pentru a-i acomoda pe toți.

Leah și Axel erau deja așezați la masă, iar Axel se ridică imediat ce Leah i-a șoptit că Victor era acolo. Au schimbat câteva cuvinte, iar apoi bărbații s-au așezat, după ce copiii și Liliana și-au ales scaunele.

Spre surpriza Lilianei, Maria anunțase că ea dorea să stea lângă Victor. Pentru ca să nu fie lăsat deoparte, Lucian alesese să se așeze între Maria și Axel. Simțindu-se foarte expusă, Liliana trebui să accepte scaunul de lângă Victor și îi evită privirea când el îi ținu scaunul să ia loc. Spera ca Victor să nu își dea seama ce gândea ea despre acel aranjament.

Abia luaseră loc că ospătărița și apăru la masa lor cu un carnet în mână.

-Ați vrea să comandați acum sau ați prefera să-i așteptați și pe ceilalți prieteni ai dumneavoastră? îi întrebă ea, privirea ei mături scaunele rămase goale.

Victor se uită la fiecare și, cu excepția copiilor care păreau dornici să termine cina cât mai repede posibil, ca să poată merge după aceea la chioșcurile de unde se puteau cumpăra bilete pentru croazierele pe vapoare, toată lumea decise să aștepte ca Mark și prietena lui să ajungă acolo înainte să comande.

-Mai așteptăm câteva minute, o informă el pe chelneriță, iar apoi râse când geamătul Mariei îi ajunse la urechi.

După ce chelnerița a plecat, se întoarse spre fetiță și îi vorbi în engleză pentru a nu fi nepoliticos față de Leah și Axel.

-Nu te îngrijora. Vom avea destul timp la dispoziție să vorbim cu oamenii cu vapoarele, dacă mai sunt încă deschiși la această oră. Dacă nu sunt, ne întoarcem mâine, o asigură el, dar fetița se îmbufnă și-și încrucișă brațele peste piept.

-Am auzit cuvântul '*vapor*'? se interesă Axel.

-Da, vor să facă o croazieră, îi explică Victor. Vom verifica la chioșcurile de acolo, spuse el arătând cu bărbia în direcția chioșcurilor ce vindeau bilete pentru croaziere și care se aliniau de-a lungul țărmului. Probabil că ar trebui să o facem acum, cât îl mai așteptăm pe Mark, propuse el gânditor.

-Nu este nevoie, își scutură Axel capul, iar cuvintele lui le atrase imediat atenția copiilor. Leah și cu mine am decis să îți oferim această sticlă de whiskey cadou de ziua ta, spuse el și scoase o cutie cu o sticlă de whiskey dintr-o pungă pe care o pusese la piciorul mesei. Sticla aceasta vine împreună cu o croazieră pe yachtul meu mâine dimineață, spuse Axel mișcându-și sprâncenele și făcându-i pe adulți să zâmbească.

La cuvintele lui, copiii au început să strige de bucurie pe voci foarte ridicate, iar chipul Lilianei se înroși puternic. Fața femeii ardea de rușine pentru că oamenii de la celelalte mese se întorseseră spre ei și își scuturau capul cu dezaprobare.

-Nu ar trebui să-ți pese, îi șopti Victor la ureche mai întâi, iar apoi se întoarse spre copii. Foarte bine, spuse el, vom accepta cadoul lui Axel și vom merge într-o croazieră pe lac mâine. Dar nu mai ovaționăm acum, da? Se pare că mamei voastre nu îi place, le făcu el cu ochiul și copiii râseră.

-Va trebui să vă îmbrăcați mai bine mâine, din păcate. Se pare că temperatura va mai scădea ușor în următoarele câteva zile, le explică Leah copiilor. Am fi aranjat croaziera pentru mai încolo, când se presupune că temperatura va crește din nou, îi spuse ea Lilianei pe un ton apologetic, dar avem mult de lucru la cazul în curs și chiar nu știu cum va fi vremea weekendul viitor.

-Și ce dacă? îi replică Lucian, încrețindu-și nasul. Nouă nu ne pasă dacă este frig, spuse el pe un ton hotărât.

-Cât de mult este până mâine? decise Maria să-l întrebe pe Victor, iar el își dădu ochii peste cap.

-Destul de mult. Ai timp să îți mănânci cina și să dormi bine la noapte, îi replică el pe un ton uscat.

-Tu nu vorbești cu noi cum vorbesc alți oameni, observă fetița, încrețindu-și nasul.

-Și ce vrea să însemne asta? o întrebă el ursuz.

Victor știa foarte bine că nu avea nici un fel de experiență privind comportamentul față de copii, dar, până în acel moment, păstrase iluzia că nu s-a descurcat prea rău cu ei.

-Ca și cum suntem prea mici și nu pricepem nimic, replică ea, dând viguros din cap.

-Ah, deci de fapt nu te deranjează felul în care îți vorbesc, pricepu Victor cum stăteau lucrurile.

Maria își scutură capul, iar apoi îl bătu pe mână încurajator.

-Nu, deloc. Vorbește-ne la fel în continuare, îi ordonă ea pe un ton serios.

Apoi fetița anunță cu seninătate:

-Celălalt bărbat e aici.

-Mark? întrebă Leah și-și întoarse capul spre promenadă, când văzu încotro privea Maria.

Se așteptase ca Mark să vină dinspre stradă și tocmai de aceea alesese acel scaun. Vrusese să-l poată vedea imediat când ar fi sosit. Când îl descoperi în mulțime, la câțiva metri depărtare numai, ochii i se lărgiră de mirare și icni.

-Oh, nu, nu a făcut asta, șopti ea, iar vocea ei arăta clar că nu-i venea să-și creadă ochilor.

-Ce s-a întâmplat, iubita mea? întrebă Axel. Oh, acela este Mark împreună cu prietena lui, spuse el când dădu cu ochii de bărbat.

Mark se plimba alene pe promenadă, iar degetele sale îi erau înlănțuite cu degetele unei femei înalte și mlădioase. Vântul zburlea părul des și movaliu al femeii, iar ea râdea din cauza a ceva ce-i spunea Mark.

-O știi? o întrebă Axel pe Leah, deși ochii lui rămăseseră fixați pe cei doi.

Se părea că Mark și prietena lui nu se prea grăbeau să ajungă la restaurant. Nu-și grăbiră pașii deloc și păreau adânciți într-o conversație amuzantă.

-Știi cazul Klavdya, își întoarse Leah capul spre el interogativ.

Axel dădu din cap, cu un surâs pe buze.

-Ar fi dificil să-l uit, iubita mea, nu crezi? spuse el tărăgănat, iar apoi se întoarse spre ceilalți. Atunci ne-am întâlnit noi doi, în timp ce Leah ancheta acel caz, menționă el. Acum spune-mi tu, se adresă el lui Victor cu un ton poruncitor, ce bărbat ar uita așa ceva?

Victor se mulțumi să dea din umeri, nefiind prea dornic să-și împărtășească opinia. Nu fusese niciodată în poziția în care era Axel ca să știe despre ce vorbea acesta.

-În fine, interveni Leah în discuție, accentuând cuvintele, fiul Klavdyei lucrează pentru o companie de jocuri video sau cam așa ceva, spuse ea ridicând din umeri cu indiferență. Ei bine, femeia care îl însoțește pe Mark acum este recepționista care lucrează pentru aceeași companie, explică ea, înclinând capul în direcția cuplului. Am întâlnit-o când ne-am dus să-i punem întrebări lui Aleksey despre mama sa.

-Oh, înțeleg, murmură Liliana. Și regulamentul interzice ca ei să se împrietenească? întrebă ea.

-Sper că nu, izbucni Axel în râs. Altfel, noi doi am fi într-o încurcătură serioasă, spuse el, fluturându-și degetul între el și Leah.

-Oh, taci din gură, îl plesni ea peste braț. Nu este vorba despre așa ceva, se întoarse ea spre Liliana. Dar îmi aduc perfect aminte că femeia aceea nu părea dornică să-i acorde lui Mark nici măcar o secundă din timpul ei. L-a tratat de parcă... de parcă nici nu ar fi existat. Sunt doar surprinsă că el... hai, să spunem, că a vrăjit-o până la urmă, explică ea.

-Ah, acum înțeleg cum stă treaba, râse Victor. Poate că omul are talente ascunse, cine știe? spuse el ridicând din umeri, ochii săi continuând să urmărească cuplul.

Privirea lui trecu peste cei doi bărbați din spatele lui Mark și a prietenei sale. Ceva parcă îl forța să-i privească.

Razele apusului roșiatic se reflectau pe scalpul strălucitor al unui dintre ei. Dar cei doi bărbați păreau adânciți într-o discuție și Victor renunță să-i mai privească.

Mark și prietena lui dispărură din vedere, iar Victor, după ce mai trecu în revistă mulțimea de oameni încă o dată, doar ca să fie sigur, își întoarse atenția la musafirii săi de la masă.

Câteva clipe mai târziu, cuplul a fost condus la masa lor, iar Mark, care devenise deja foarte stacojiu, le-o prezentă pe prietena lui Jen. Cei doi s-au așezat la masă, în hohotele de râs ale lui Axel. Chipul stânjenit al lui Mark stârni râsul tuturor celor de la masă, ori cel puțin câteva zâmbete ironice.

Leah îi ceru lui Axel să se oprească din râs și propuse ca fiecare să citească meniul pentru a da comanda. Chelnerița își tot ațintea ochii pe ei de ceva vreme și le tot arunca săgeți.

-Unde e cadoul tău? îl întrebă Lucian pe Mark, iar omul îl privi cu ochii mari.

Liliana icni, iar mâna îi zbură la gât din cauza mortificării. Ochii ei îl străpunseră pe băiețel, dar el pretinse că nu observa absolut nimic.

Victor se aplecă peste capul Mariei și-i șopti lui Lucian:

-Aici cadourile nu sunt obligatorii, puștiule, așa că lasă bietul om să respire. Eu, unul, consider că prezența lui aici este cadoul lui pentru mine, se gândi el să adauge.

Lucian se uită chiorâș la Mark și ridică din umeri. Cu siguranță el nu-l va invita la aniversarea zilei lui de naștere.

Victor citi gândurile copilului în ochii săi, iar un surâs îi apăru pe buze. Băiatul era încă la vârsta când cadourile contau cel mai mult. Victor încă putea să-și mai amintească de acei ani.

Abia își deschisese meniul să aleagă ce dorea să comande pentru cină, când simți un frison la ceafă. Ochii i se îngustară și-și ridică privirea, ațintind-o spre malul lacului.

Se părea că se înmulțise numărul de oameni care ieșiseră să se plimbe pe malul lacului în acea seară. În ciuda mulțimii, lui Victor i se păru că a văzut creștetul lucitor al omului pe care îl remarcase în spatele lui Mark mai devreme, dar nu putea fi sigur. Sprâncenele i se încrețiră, iar gura i se strânse într-o linie dură.

-Este vreo problemă, prietene? șopti Axel peste capetele copiilor, pe o voce menită să nu provoace nici cea mai mică alarmă.

-Nu știu încă, replică Victor pe aceeși voce calmă.

Capul dispăru complet și el ridică din umeri. Nu știa dacă exista vreo amenințare, dar avea presentimentul că ceva era în neregulă și se hotărî să fie mai atent de atunci încolo.

-N-A MURIT, ȘEFULE, doar îți spun, bărbatul cu craniul strălucitor spuse în telefonul celular pe care îl avea la ureche. Mai mult ca sigur Smidgen a omorât pe altcineva, explică el.

-Omul acela trebuie să moară cu orice preț. Poliția poate obține oricând un mandat de cercetare pe baza zvonurilor. Fără el, nu mai există nici un fel de bază pentru un astfel de mandat. Ultimul lucru de care avem nevoie acum este să vină poliția să amușine în jurul afacerii noastre, Tom, replică vocea dură de la celălalt capăt al liniei.

-Mă voi ocupa de asta în seara aceasta, șefule, promise bărbatul, iar apoi deconectă linia.

CAPITOLUL 16 – O TENTATIVĂ LA CRIMĂ ȘI O OMUCIDERE

CÂND S-AU ÎNTORS ÎNAPOI acasă, Liliana era extenuată. Cina de la Irish Pub se întinsese și fusese plină de haz, dar, de asemenea, s-au spus unele lucruri care i-au deschis ochii într-o manieră brutală.

Crezuse că va veni în Canada și-și va găsi de lucru curând. '*Doar mi-au cerut să am anumite studii și experiență.*' Acum, spre necazul ei, aflase că nici studiile și nici experiența ei nu contau.

Dacă numai Victor i-ar fi spus aceasta, atunci ar mai fi avut o fărâmă de speranță. Nu-l înțelegea nici pe el și nici acțiunile lui, dar avea sentimentul acut că bărbatul fusese împotriva sosirii ei în țară încă de la început.

Dar, cu toate acestea, și Jen susținuse opiniile lui Victor. Se părea că și ea imigrase cu câțiva ani în urmă și avea câteva povestiri de spus.

Jen arăta ca o adolescentă, iar Liliana a fost șocată să afle că fata avea deja douăzeci și șapte de ani, fiind numai cu un an mai tânără decât ea. Numele ei era Jana, dar prietenii pe care și-i făcuse în Toronto o strigau Jen, așa că a început și ea să se prezinte sub numele de Jen.

Jen provenea din Serbia. Și ea crezuse că-și va găsi aici o slujbă în domeniul ei când venise, dar nu a reușit.

Începuse apoi să lucreze pentru compania de jocuri video, ca recepționistă, și studia să devină parajuristă, o profesie complet diferită față de cea pentru care se educase în țara ei. Mai avea doar o sesiune înainte să termine cursurile și să-și obțină diploma.

Povestea lui Jen o deprimase pe Liliana. Acum înțelegea că va trebui să se întoarcă înapoi la școală dacă dorea să găsească de lucru în domeniul ei de pregătire sau dacă dorea să găsească o slujbă bună, cel puțin.

'*Cum naiba o să merg la școală și o să am grijă și de copii în același timp, dacă nu am o slujbă?*'

Era într-adevăr o dilemă. Era conștientă că nu avea suficienți bani să se susțină pe ea și pe copii pentru o perioadă îndelungată de timp.

La finalul cinei, chelnerița venise și-i oferise un șoc suplimentar când a întrebat dacă doreau note de plată separate, iar pentru un moment, Liliana uitase să respire. Privirea ei înspăimântată se îndreptase spre Victor. Chelnerița o năucise atât de tare încât nu a mai fost în stare să-și regăsească vocea pentru a-și exprima îngrijorarea.

Luase cu ea ceva bani în seara aceea, dar se îndoia că suma aceea ar fi fost suficientă să acopere ceea ce copiii și ea comandaseră. Se gândise numai să aibă ceva bani în geantă în caz că vreunul dintre copii ar fi văzut și dorit ceva în timpul plimbării.

Gândul că cineva ar fi invitat-o la restaurant pentru ca apoi să-i ceară să-și plătească partea la finalul cinei, nu-i trecuse nici măcar pentru o secundă prin minte. Astfel de lucruri nu se întâmplau niciodată acasă.

Din fericire, Victor i-a cerut chelneriței să-i aducă lui nota de plată. A fost foarte clar că nu era nevoie de note de plată separate, iar că ceilalți erau musafirii lui. Liliana a răsuflat de ușurare.

Mark l-a privit cu neîncredere câteva clipe, dar Leah și Axel păreau să-l cunoască și să-l înțeleagă pe Victor mai bine, așa că nu au avut nici o reacție la cuvintele lui.

Jen doar i-a zâmbit lui Victor și i-a spus:

-Oh, și când te gândești că era cât pe ce să-i refuz invitația lui Mark la cină. Nu știam că voi obține o masă gratis din chestia asta, vezi tu. Iau salariul curând, dar până atunci trebuie să-mi supraveghez cheltuielile, menţionă ea.

-Nu ți-aș fi cerut să plătești, se întoarse Mark spre ea cu ochi duri, ceea ce era în sine interesant de văzut, pentru că, de regulă, Mark lăsa impresia că nu era nimic altceva decât un ursuleț de pluș.

Dar, cu toate acestea, uneori, Mark era pur și simplu sătul de felul în care Jen îl desconsidera. De fapt, nu o invitase niciodată undeva pentru ca apoi să-i ceară să-și plătească partea, așa că nu înțelegea ce ar fi împins-o să spună așa ceva.

Dacă nu ar fi fost atât de îndrăgostit de ea deja, și-ar fi aruncat privirea în jur și ar fi căutat niște cuceriri mai ușoare. Jen era o adevărată bătaie de cap uneori. '*Să fiu sincer, mai tot timpul.*' Profesia lui cerea extrem de mult de la el, iar din cauza asta Mark ar fi preferat o relație care ar fi implicat numai un pic de tachinare și ceva sex din când în când.

Gândurile îi erau scrise clar pe chipul lui. Axel și Leah preferară să admire lacul, dar Liliana încă își mai amintea cum Jen își mușcase buza inferioară, rușinată de cuvintele ei.

Da, luată per total, fusese o seară foarte interesantă, petrecută cu oameni captivanți. După cină, s-au plimbat vreo oră, iar apoi au petrecut cam două ore în condoul lui Axel, unde copiii au și adormit de fapt. Victor și Axel au trebuit să-i care înapoi la mașină.

Liliana oftă profund, iar Victor îi aruncă o privire după ce opri mașina. Ochii i se perindară pe fața ei și îi observară cearcănele mari de sub ochi.

-Ești obosită? întrebă el cu un surâs ciudat pe buze.

-Epuizată, replică ea pe o voce seacă.

El râse scurt, iar apoi o înghionti blând cu degetul mare sub bărbie.

-Ei bine, vei merge la culcare acum și mâine dimineață te vei simți mai bine.

Victor coborî din mașină și deschise portiera din spate. Se aplecă înăuntru și îl ridică pe Lucian în brațe.

-Îl iau eu pe băiat. Este mai greu decât Maria, spuse el îndreptându-se și întorcându-se spre Liliana. Dacă ești prea obosită, și cred că ești, poți aștepta aici. Voi veni înapoi după aceea să iau fata, îi spuse el.

-Nu ți-aș putea cere să faci atât de multe, începu ea să spună, dar el o întrerupse.

-Ba da, poți. Așteaptă aici și o să mă întorc într-o clipă, îi replică el ursuz, iar apoi o porni spre ușa de la intrare cu pași mari.

Își sprijini genunchiul de tocul ușii și îl propti pe băiat pe coapsa sa. Apoi, scoase cheia din buzunar, descuie ușa și intră în casă, grăbindu-se în sus pe scări.

Când ajunse în camera copiilor, aprinse lumina, apăsând cu cotul pe întrerupător. Lucian nici măcar nu se mișcă, iar Victor surâse.

După o privire rapidă în jur, așeză băiatul pe patul pe care îl judecă ca fiind al lui. Își imagină că patul cu mai mulți ursuleți de pluș îi aparținea Mariei.

Când se întoarse jos, Liliana se sprijinea de mașină, cu ochii închiși. Ceva similar tandreței jucă înlăuntrul sufletului său, dar împinse sentimentul la o parte cu hotărâre, considerând că nu era cazul să înceapă să-și piardă timpul cu asemenea lucruri fără sens.

Victor își puse mâna pe umărul Lilianei, iar ea deschise ochii imediat. Privirea ei grea, catifelată, îi fură respirația pentru o clipă și Victor se strădui să-și regăsească vocea.

Îi înmână cheile de la mașină Lilianei, iar apoi îi spuse:

-După ce o scot pe Maria din mașină, închide portiera și apasă butonul acesta de aici, da?

Liliana dădu din cap, iar Victor se aplecă peste Maria și o adună în brațe. '*Mda, am avut dreptate. Spre deosebire de fratele ei, este la fel de ușoară ca un fulg.*'

Cu o mișcare a capului îi indică Lilianei să închidă ușile, iar ea se grăbi să-i urmeze instrucțiunile. După aceea, femeia apăsă butonul pe care i-l arătase el. Auzind sunetul ce indica blocarea portierelor, Victor aprobă satisfăcut cu o mișcare a capului, iar apoi o invită pe Liliana să-l preceadă în casă.

În camera copiilor, o așeză pe fetiță pe patul ei și apoi se îndreptă, aruncându-i o privire Lilianei, care se oprise în ușă.

-Cred că pot dormi o noapte și fără să se dezbrace. Hai, numai să le scoatem pantofii, propuse el, iar în câteva secunde, îi și scoase pantofii Mariei.

Între timp, Liliana îi scoase pantofii lui Lucian și îl acoperi cu pătura. Îi sărută fruntea, apoi veni la Maria, îi îndepărtă părul de pe frunte, o sărută și pe ea, iar apoi trase pătura peste umerii ei.

Amândoi părăsiră încăperea, Liliana stingând lumina când ieși din cameră. Nu închise ușa complet, ci o lăsă întredeschisă.

Victor o privi câteva clipe, își trecu mâna prin păr ciufulindu-l, iar apoi spuse abrupt:

-Noapte bună.

Nu mai așteptă să-i audă răspunsul, ci se grăbi spre propriul lui dormitor și închise ușa fără zgomot în spatele lui. Îi era teamă să nu cumva să tempteze soarta.

Liliana doar își scutură capul privind cu confuzie în urma lui, iar apoi se îndreptă și ea spre dormitorul ei ca să se culce.

DEGETELE TREMURĂTOARE ale Lilianei atinseră clanța ușii și femeia era pe punctul de a intra în dormitorul lui Victor, când ușa se deschise brusc făcând-o să tresară. Avu timp numai să vadă pumnul lui Victor îndreptându-se spre fața ei, și imediat își deschise gura, gata să-și exprime șocul printr-un urlet.

La jumătatea drumului spre țintă, pumnul lui Victor se desfăcu și palma lui mare îi acoperi Lilianei gura, asigurându-se că nu mai putea scoate nici un sunet. Mâna lui îi acoperea jumătate din față.

-Șșt, șopti el în urechea ei. Este în regulă. Am crezut că erai altcineva. Evident că nu am de gând să te lovesc. Ce faci aici? o întrebă el, în șoaptă, iar apoi își luă palma de pe fața ei.

-Cred că am auzit pe careva intrând în casă prin ușile franțuzești, șopti și ea la rândul ei.

Cu toate că nu o putea vedea bine în întuneric, Victor o simțea tremurând lângă trupul lui.

-Ai auzul bun, șopti el din nou. Uite, ia telefonul meu mobil, spuse el și-i înmână telefonul pe care îl pusese în buzunarul pantalonilor când se dăduse jos din pat și-și trăsese pantalonii de trening pe el.

-Ia copiii și ascundeți-vă în dulapul de perete din al patrulea dormitor, acela de este gol. Sună la 911 și spune-le să se grăbească. Dă-le adresa mea, strada Geraniums 24, M4P 2A5. Acum, du-te, îi ceru el poruncitor și o împinse de lângă el, rămânând apoi pe loc pentru a-i asculta pașii tăcuți îndreptându-se spre camera copiilor.

După aceea, Victor o porni în jos pe scări precaut, ciulindu-și urechile ca să audă cel mai mic zgomot ce venea dinspre parter. Auzise culisarea ușilor franțuzești mai devreme pentru că se găseau chiar sub dormitorul lui și el cunoștea foarte bine zgomotele ce se auzeau în mod normal în timpul nopții. Acela nu era unul dintre sunetele cu care urechile lui se obișnuiseră.

Dar, cu toate acestea, Victor nu știa câți oameni intraseră în casă și ce intenții aveau, deși se îndoia că veniseră să-i ureze de bine cu ocazia aniversării sale.

Ajunse la ultima treaptă de jos a scării fără să întâlnească pe nimeni. Era mulțumit că măcar trupul său își revenise aproape complet pentru că, în urmă cu două zile, nu ar fi fost deloc în stare să participe într-o confruntare fizică cu careva.

Se sprijini cu spatele de zid, rămânând nemișcat câteva momente. Un zgomot ușor se auzi dinspre biroul său, iar apoi niște șoapte îi ajunseră la urechi.

Victor se aplecă în față și își întoarse capul după colț. Jaluzelele, care în mod normal acopereau ușile franțuzești, erau deschise. Luna îmbăia întregul living într-o lumină argintie.

Două umbre se îndreptară spre el dinspre birou și se opriră doar la câțiva pași depărtare de Victor, care încerca să respire fără să facă nici cel mai mic zgomot. Lumina lunii străluci peste capul ras al bărbatului pe care îl văzuse pe Harbourfront mai devreme, iar ochii lui Victor căpătară un luciu dur și neiertător.

Acum înțelese el că Mark fusese urmărit și astfel cei doi dăduseră de el. Mai mult ca sigur că l-au considerat mort înainte de seara aceasta și nu le-a păsat de locația lui până atunci.

-Urc eu mai întâi și-l voi înjunghia pe individ, bărbatul cu scalpul lucios îi spuse celuilalt, care era un om înalt, subțire și cu părul roșiatic. Tu mă urmezi și o omori pe cățea, îi ordonă amicului său pe un ton aspru.

După aceea, își duse mâna la spate, în dreptul beteliei pantalonilor, și scoase un pumnal de tip fluture pe care îl deschise cu o mișcare scurtă din încheietură.

Victor văzuse acel tip de lamă în trecut și se încruntă pentru că știa ce dezastru putea lăsa în urmă un astfel de cuțit. Apoi, ochii i se îngustară și o determinare rece îi oțeli privirea.

Al doilea bărbat, cel cu părul ca morcovul, care se presupunea că trebuia să meargă și să o ucidă pe Liliana, scoase un jungher cu lama zimțată. Grimasa de pe buzele lui era toată dovada de care Victor avea nevoie ca să înțeleagă că bărbatul nu simțea nici un fel de remușcare la gândul că va ucide o femeie.

Amândoi bărbații începură să se strecoare spre scări, iar Victor își lipi corpul de perete. Primul bărbat apăru în raza lui vizuală.

'*Aha, deci primul va fi omul morcov,*' remarcă Victor și buzele i se contorsionară într-o grimasă urâtă.

Pumnul lui Victor îl lovi pe om drept în față, iar acesta căzu imediat la podea. Un zâmbet plin de satisfacție înflori pe buzele lui Victor când individul căzu la pământ ca bușteanul și rămase acolo, nemișcat.

Bila Strălucitoare, după cum Victor începuse să-l numească în gând pe celălalt, îl atacă imediat cu cuțitul, dar reuși numai să-i taie brațul superficial. Lama cuțitului pătrunsese printre straturile superioare ale mușchiului, dar nu i se înfipsese profund în braț.

Victor pară și-și propulsă genunchiul spre mijlocul bărbatului, mișcare pe care o urmă imediat cu un cot în falca omului, aruncându-l la pământ.

Deși căzuse la pământ, omul reuși să păstreze cuțitul în mână, iar acum se chinuia să se ridice în picioare. Cei doi erau potriviți ca înălțime și greutate, iar Victor suspectă că bărbatul era la fel de încăpățânat ca și el.

Victor se repezi la el, îi prinse încheietura și, cu o mișcare bruscă, îi răsuci mâna la un unghi nenatural. Încheietura bărbatului se rupse cu zgomot.

Cuțitul alunecă din încleștarea degetelor bărbatului, iar un geamăt agonizant îi zbură de pe buze. Mirosul neplăcut al transpirației lui îi atacă nările lui Victor, dar el nu reacționă. Mai simțise acel miros înainte și uneori chiar și pe propriul corp.

Bărbatul se clătină în spate câțiva pași, dar în ciuda chipului alb și a buzelor strânse din cauza durerii, tot încercă să-l atace din nou. Se gândea să se repeadă la Victor și să-l doboare cu o lovitură zdravănă în bijuteriile de familie.

Victor însă îi citi intenția în ochi și se dădu la o parte din calea lui. Nu-i dădu omului nici o clipă de răgaz ca să-și revină din surpriză, și-și înfipse unul din pumnii lui mari drept în ochiul lui drept. De fapt Victor țintise spre tâmpla omului, dar acesta refuzase să-i respecte intenția și făcuse un pas în lateral.

În ciuda mișcării lui evazive, pumnul lui Victor tot l-a trimis la pământ din nou. O secundă mai târziu, Victor s-a lăsat pe vine lângă el și i-a plantat un cot în ficat cu toată puterea de care era capabil.

Aceasta a fost lovitura care a încheiat lupta. Bărbatul nu mai reuși să tragă aer în piept și începu să respire șuierător. Victor știa din proprie experiență că adversarul lui era anihilat și nu mai prezenta nici un pericol pentru o vreme, așa că s-a ridicat și a inspirat profund.

Brusc, pași discreți răsunară aproape de el pe parchet, iar instinctul îl făcu să se întoarcă și să confrunte noua amenințare.

Bărbatul morcov, pe care îl pusese la podea mai devreme, încercă să înfigă lama scurtă a pumnalului său în pieptul lui Victor, dar acesta reuși să fenteze lama.

Pieptul îi rămase neatins, dar pumnalul i se înfipse în brațul stâng, chiar în biceps. Victor deveni conștient că omul intenționa să tragă pumnalul în jos spre cot, dorind să-i secționeze artera, ceea ce l-ar fi ucis pe Victor și i-ar fi lăsat pe cei de la etaj în mâinile celor doi oameni.

'*Astăzi chiar nu-i o zi bună pentru tine să mori, Victore. Trebuie să găsești o soluție și să rămâi în picioare,*' reflectă el cu sarcasm.

Cu o privire fixă, aspră, își încleștă degetele peste mâna omului, care ținea strâns mânerul pumnalului, și i-o zdrobi cu toată puterea.

Victor gemu când lama se răsuci în bicepsul lui și îi zgândări rana. El se lupta să tragă lama afară din mușchi, iar adversarul lui se lupta să o tragă în jos spre cot.

Respirația oponentului său mirosea puternic a ceapă și un val de greață îl asaltă pe Victor. Mai mult decât atât, capul îi începuse să pulseze din cauza durerii. Victor își împinse genunchiul cu putere sub abdomenul bărbatului, sperând ca acesta să-și desfacă degetele de pe pumnal.

Bărbatul păși în spate cu un urlet de durere, dar luă și pumnalul cu el, smulgându-l din brațul lui Victor, astfel provocând un proces de aspirare, ceea ce făcu să-i țâșnească sângele din braț, sprayândul pe omul morcov pe față și pe haine.

La rândul lui, și Victor urlă, iar transpirația i se adună broboane pe frunte. Încercă să-și șteargă fruntea cu brațul drept și abia atunci observă că și brațul acela îi sângera.

Se părea că Bila Strălucitoare reușise să facă mult mai mult decât să-l atingă cu lama superficial, după cum crezuse Victor. Lama cuțitului tăiase prin mușchi, chiar dacă nu foarte profund. Adrenalina care-i vuia prin vene îl oprise pe Victor să simtă durerea mai devreme.

Victor nu credea că ar fi fost în stare să-și folosească brațul stâng prea mult, dar celălalt braț încă îl mai ajuta. Ținând un ochi pe omul subțire ca sârma, încercă să-și flexeze brațul drept. Era dureros și nu se mișca cu naturalețea obișnuită. Mai mult decât atât, nu părea să aibă prea multă forță în el, probabil pentru că deja pierduse prea mult sânge.

Omul morcov reuși să-și regăsească echilibrul, deși fața îi era contorsionată de durere. Își ajustă poziția degetelor pe plăseaua pumnalului și cu un strigăt se aruncă spre Victor, pregătit să îi înfigă cuțitul în gât.

Victor se gândi să-i rupă încheietura, așa cum procedase și cu prietenul lui, dar după ce s-au luptat câteva minute, timp în care cuțitul tot avansa spre gâtul său, ba chiar îl și ciupi de câteva ori, înțelese că nu mai era capabil să repete gestul. Nu mai avea destulă putere rămasă în brațul lui drept.

Cu un muget, își strânse și degetele de la mâna stângă pe încheietura omului. Sudoarea îi picura în ochi și o șuviță de păr îi căzuse peste ochiul stâng. Își simțea pielea rece și lipicioasă din cauza transpirației.

Strânse din dinți, iar apoi încercă să-și adune ultimele resurse de energie dinlăuntrul său. Cu un alt răget, împinse mâna cu cuțitul cu lamă zimțată departe de gâtul său și împunse lama în gâtul omului.

Ochii omului morcov se rotunjiră ca urmare a șocului. Un icnet zbură de pe buzele lui și el se clătină pe picioare. Când omul căzu la podea, degetele îi erau tot încleștate pe plăseaua cuțitului.

Bărbatul continuă să se holbeze la Victor, care respira cu greutate și care, la rândul său, nu-l slăbea din priviri pe omul căzut la pământ. Apoi omul alunecă pe o parte și icni încă o dată. Sângele îi țâșni din gură și îi gâlgâi în gât sufocându-l.

Omul era terminat. Victor cunoștea semnele, așa că se întoarse să-l privească pe celălalt. Lumina lunii lucea în picăturile de sânge de pe podea, dar cu toate acestea erau prea multe umbre în încăpere care îl împiedicau să vadă forma celuilalt. Victor apăsă întrerupătorul și tresări când ochii îi căzură pe Liliana, care se găsea pe scări.

Degetele de la mâna sa dreaptă erau încolăcite în jurul gâtului său cu spaimă și Liliana își apăsa cealaltă mână în jurul mijlocului, ca pentru a-și potoli stomacul. Ochii îi luceau cu lacrimi nevărsate, iar irișii îi străluceau în culoarea ciocolatei amărui.

CAPITOLUL 17 – ADMIRAȚIE ȘI ARMISTIȚIU

-CE CAUȚI AICI? O ÎNTREBĂ Victor pe un ton aspru, ochii săi fixându-se pe chipul ei după ce îi poposiseră pe părul ei despletit pentru câteva clipe.

Liliana fusese prea extenuată mai devreme când se dusese la culcare în seara aceea și nu se mai obosise să-și împletească părul. Acum, femeia arăta de parcă se rostogolise cu cineva în pat temeinic, și chiar dacă Victor era conștient de multitudinea de dureri care colcăia în trupul său – ar fi fost dificil să nu le simtă, bărbatul din el tot răspunse la înfățișarea ei.

-Am crezut că ți-am spus să rămâi sus, ascunsă în dulap alături de copii, mai menționă el pe un ton malițios.

-Am vrut să mă asigur, începu ea să spună, dar el o întrerupse.

-Ce? Ai crezut că ai fi fost în stare să te ocupi de situație mai bine decât aș fi putut eu?

Liliana își scutură capul, iar degetele pe care și le încolăcise la baza gâtului tremurară. Fusese martoră la ultima parte a bătăii, iar ceea ce văzuse o șocase profund.

Lumina lunii căzuse exact pe cei doi bărbați prinși în încleștare. Abia reușise să-și oprească strigătele din gâtlej ori de câte ori lama cuțitului pătrundea în pielea lui Victor.

Acum, femeia observă luminile sălbatice din ochii lui Victor. De asemenea, își dădu seama că mușchii bărbatului încă trepidau din cauza tensiunii. Înfățișarea lui nu o înspăimânta, dar o speria sângele care-i picura la podea din brațul stâng, pe care Victor îl ținea la oarecare distanță de corp.

-Atunci ce ? Victor se răsti la ea, nesatisfăcut că Liliana nu-i răspunsese destul de rapid.

Își pierdea răbdarea din ce în ce mai mult din cauză că adrenalina începuse să se disipeze din corpul lui și durerea câștiga teren. Când remarcă teama din ochii ei, se simți dezgustat de comportamentul său, dar parcă ceva tot îl împingea să fie rău cu ea.

-Ai vrut să iei și tu parte la încăierare, asta e ? se răsti el la ea pe un ton sec.

-Victor, taci din gură, nu mai rezistă ea și strigă până la urmă. Ești rănit rău de tot, idiotule. În loc să dai din meliță fără oprire, mai bine te-ai așeza undeva și m-ai lăsa să mă uit la rănile tale, spuse ea cu mânie, când observă că atât gâtul, cât și celălalt braț îi sângerau.

-Unde sunt copiii ? o întrebă el de parcă Liliana nu ar fi spus nimic.

Liliana aruncă o privire plină de îngrijorare în sus pe scări, iar apoi mărturisi:

-I-am lăsat în dulap și le-am spus să nu se miște până nu vin eu să-i iau.

-Atunci du-te și ia-i, iar apoi pune-i la culcare. Au avut destule aventuri pentru o singură noapte. Eu trebuie să-i leg mâinile individului ăsta, arătă el spre bărbatul de pe podea care continua să respire cu greutate. Nu ar trebui să fie capabil să facă nimic pentru cel puțin încă vreo două ore, dar cred că ar fi mai bine să fiu precaut.

Liliana își scutură capul, dar el nu-i mai dădu nici o atenție și se îndreptă spre dulapul din holul de la intrare să caute niște sfoară sau ceva similar pentru a-l imobiliza pe atacatorul care se afla încă în viață. Nu reuși să facă mai mult de doi pași când sirena unei mașini de poliție răsună destul de aproape. Victor își întoarse capul spre Liliana.

-Cel puțin ai chemat poliția din câte văd.

Liliana aprobă clătinând din cap, iar apoi oftă cu exasperare.

-De asemenea am sunat-o pe Leah, menționă ea. I-am găsit numărul de telefon în agenda telefonului tău, îi explică ea.

-Cel puțin atât, mormăi el, iar de data aceasta cuvintele lui o enervară de-a binelea.

-Ce naiba vrei să spui? Nu am greșit cu absolut nimic, spuse ea, ațintind un deget acuzator spre el.

Cu satisfacție, Victor observă că în sfârșit lacrimile i-au dispărut din ochi, iar acum ochii îi scânteiau cu furie. Da, furia îi era direcționată spre el, era adevărat, dar cel puțin nu mai arăta la fel de rănită și înspăimântată ca înainte. Victor putea să-i suporte furia foarte bine, dar nu s-ar fi descurcat la fel de bine cu lacrimile ei.

Victor făcu un efort să surâdă și i se adresă pe un ton mult mai blând:

-Du-te și pune copiii în pat. Mă voi ocupa eu de poliție.

Liliana se uită după el câteva secunde, iar apoi își scutură capul când observă că se mișca rigid și că umerii îi erau încordați. Îl urmări cu privirea până dispăru în hol, apoi își scutură capul din nou deznădăjduită. După aceea, o luă la fugă în sus pe scări ca să-și scoată copiii din dulap.

Victor deschise ușa de la intrare exact când mașinile de poliție se opriră pe aleea lui. Își proteja ochii de lumina farurilor, iar apoi blestemă. Nu-și imaginase că ar fi fost cu adevărat necesar ca polițiștii să facă atât de mult efort ca să trezească întregul cartier. Era clar că oamenii se treziseră deja.

Mașina lui Axel se opri imediat în spatele celor trei mașini de poliție, iar Leah deschise rapid portiera și se grăbi să iasă din mașină.

-Sunteți bine cu toții? alergă ea pe scări în sus spre Victor, iar când ochii îi căzură pe înfățișarea lui, aproape că gemu. Oh, Dumnezeule, ai fost rănit din nou.

Își scutură capul ca și cum nu-și putea crede ochilor, iar buzele i se strânseră de mâhnire.

Axel veni imediat în spatele ei, iar ochii lui ardeau cu furie mocnită. El doar îl salută pe Victor cu o mișcare scurtă din cap, iar apoi îl privi din creștetul capului și până la picioare.

-Spune-mi numai că celălalt arată mai rău decât tine, spuse el pe un ton scăzut, deși lumina din ochi îi juca cu sălbăticie.

Victor aprobă înclinându-și capul brusc, iar apoi îi invită înăuntru cu un gest abrupt.

-Unul este mort, dar celălalt încă trăiește, le spuse el, iar amândoi se uitară la el de parcă își pierduse mințile.

-Vrei să spui că te-ai luptat cu doi indivizi înarmați cu cuțite, observă Leah, incertitudinea răsunându-i în voce.

Leah privi cu înțeles la rănile localizate pe gâtul și bicepșii lui. Dată fiind natura rănilor, Leah ghicise că fuseseră implicate cuțite în bătaia la care a participat Victor, dar era convinsă că nu a înțeles corect ce-i spusese. Nu credea că era posibil să se fi luptat cu doi bărbați înarmați, mai ales după ultima sa aventură cu moartea.

-Da, replică el, iar apoi le făcu din nou semn să intre în casă. Sunt amândoi în living. Puteți să-i vedeți voi înșivă.

Leah se uită fix la el încă câteva momente, după care se întoarse spre colegii săi.

-Avem un suspect mort și încă unul care se găsește încă în viață, dar este rănit. Desigur, și domnul Dobrotă este rănit, după cum puteți vedea. Ați chemat paramedicii? se interesă ea, fără a se adresa cuiva în mod deosebit.

-Da, răspunse unul dintre ofițeri. Ambulanța trebuie să sosească în câteva momente, menționă el. Cred că-i aud, își aplecă el capul într-o parte, ascultând intens la zgomotele nopții.

-În regulă atunci. Cheamă și medicul legist și opriți sirenele și luminile. Nu e ca și cum vecinii ar fi semnat pentru așa ceva, le ordonă ea, apoi intră cu pași apăsați în casă, urmată de Victor, Axel și alți trei ofițeri.

-Cum de te-au găsit? se minună Axel.

-L-am văzut pe unul dintre ei pe Harbourfront mai devreme, deși nu am știut cine era atunci, explică Victor. L-au urmărit pe Mark și probabil m-au văzut acolo. Ar fi trebuit să fiu mai grijuliu și să-mi verific spatele când am condus spre casă, mormăi el. O greșeală de amator, se apostrofă singur.

-Nu aveai de unde să știi, îl bătu Leah consolator pe braț, iar când el tresări, se scuză. Nu știu dacă există vreun loc unde ar putea cineva pune un deget pe tine fără să-ți provoace durere, comentă ea, iar privirea îi trecu peste sângele care îi acoperea aproape tot bustul și care îi picurase și pe picioare.

-Nu este tot al meu, mormăi Victor și își flutură mâna între cei doi oameni de pe podea. Cel de acolo este mort. Nu am avut de ales, spuse el pe un ton domol.

Axel veni lângă el și-l atinse pe umărul care nu părea rănit. Victor se întoarse spre el întrebător, iar Axel îi șopti:

-Știe, nu-ți fă griji.

-Nu-mi fac griji, se răsti Victor la el. A trebuit să mă protejez indiferent de rezultat. Deja aveau planuri să o ucidă pe Liliana. I-am auzit când au ieșit din birou, le arătă el încăperea pe care cei doi asasini o cercetaseră înainte să vină după el. Dacă aș fi murit, ea nu ar fi supraviețuit. Mai mult decât atât, nu puteam fi sigur că nu-i vor omorî pe copii după aceea, explică el cu mânie în voce, iar chipul îi deveni stacojiu din cauza furiei care-i alerga prin vene.

-Dacă a fost auto-apărare, iar mie îmi cam sună a auto-apărare, atunci nu trebuie să te îngrijorezi defel, veni vocea unui bărbat din spatele lui, și atât Victor cât și Axel se întoarseră spre el.

-Oh, Mike, salut, îl întâmpină Axel cu amuzament. Ai fost retrogradat la schimbul de noapte? întrebă el pe un ton malițios.

-Arnett, replică Mike, iar Victor ghici din vocea lui că detectivul îl ura pe Axel. Văd că ești tot lipit de fusta locotenentei, remarcă el.

-Și ar fi bine să nu uiți chestia asta, îi replică Axel în maniera lui uzuală, lejeră, în ciuda faptului că ochii lui îl sfredeleau pe celălalt bărbat.

Mike aprobă dând din cap, nesimțindu-se în largul său sub ochii lui Axel. Se îndreptă spre unul dintre ofițerii în uniformă și-i șopti câteva ordine, iar apoi, i se alătură lui Leah.

-Am chemat echipa criminalistică, îi spuse el.

-Asta este bine, îi răspunse ea, dar continuă să analizeze scena.

Ochii lui Mike analizară livingul și își scutură capul observând:

-E ceva de capul lui Dobrotă ăsta. Imaginează-ți, să fi atacat de doi bărbați cu cuțite și să mai și supraviețuiești ca să povestești ce s-a întâmplat.

Leah înregistră admirația deschisă din vocea lui, iar un surâs îi apăru pe buze. Acesta era genul de lucruri care îl impresionau pe Mike. De data aceasta, și ea era impresionată, de altfel. Puțini oameni ar fi supraviețuit dacă ar fi fost implicați într-o astfel de confruntare mortală.

-Aș vrea să vorbesc cu individul acela, arătă ea spre bărbatul de pe podea care încă încerca să-și regăsească respirația. Dar nu pare să fie capabil să respire, spuse ea cu exasperare.

-Probabil că a primit o lovitură serioasă la ficat, presupuse Mike. S-ar putea să mai ai ceva de așteptat înainte de a vorbi cu el. Va trebui să treacă ceva mai mult timp înainte de a fi capabil să spună ceva, ridică el din umeri.

-Cred că aș prefera ca tu să fi cel care îi pune întrebări lui Dobrotă, privi ea spre Mike. Nu vreau ca cineva să creadă că l-am favorizat cumva.

-Nu este nici o problemă pentru mine, Mike acceptă înclinându-și capul. Dar să știi că nimeni nu ar spune că l-ai favorizat cumva. Este clar că omul nu a făcut altceva decât să se apere. Nu ar putea nimeni construi un caz împotriva lui.

-Asta cred și eu, evident, dar..., spuse ea ridicând din umeri.

-Am înțeles. Nu-ți fă griji, mă ocup eu, afirmă el, aplecându-și capul aprobativ spre ea din nou și întorcându-se la Dobrotă mai apoi.

'*Am uitat că și Arnett este aici,*' se strâmbă el când îl văzu pe acesta vorbind cu Dobrotă lângă o fereastră.

Cu toate că-i displăcea Axel profund, Mike se apropie de cei doi bărbați, iar când Axel îl privi interogativ, își ridică mâinile și spuse:

-Locotenentul mi-a cerut să pun câteva întrebări. Preferă ca eu să discut cu domnul Dobrotă.

-Da, are dreptate, aprobă Axel, iar apoi se întoarse spre Victor. Probabil că ar trebui ca un medic să arunce o privire la tăieturile alea de pe tine, remarcă el.

-Mă voi ocupa eu de ele, vocea Lilianei veni din spatele lui, iar tonul ei spunea clar că nu va permite nici un fel de opoziție.

-Dar el vorbea de un profesionist, îi explică Mike.

-Sunt de profesie, spuse ea printre dinți, iar buzele lui Victor tresăriră din cauza efortului pe care îl făcea să își ascundă surâsul.

-Este, ca să știi, interveni el pentru a-l salva pe detectiv, pentru că Liliana părea gata să se ia la harță cu el.

CAPITOLUL 18 – CÂND CINEVA ÎȘI PREȚUIEȘTE PIELEA

Un ciocănit la ușa dormitorului îl trezi pe Victor și acesta gemu când se mișcă. Mișcarea îi trezise la viață și multitudinea de dureri cu care trupul său a trebuit să se mulțumească de când se dusese la culcare în noaptea precedentă. Se simțea de parcă cineva i-ar fi picurat lavă topită pese tot pe suprafața pielii.

-Da, urlă el, mai mult ca să acopere gemetele care i se adunaseră în gâtlej.

Ușa se deschise, iar Liliana intră în cameră. Felul în care aceasta arăta îi amintea lui Victor de prima dimineață pe care femeia o petrecuse în casa lui. Cu toate acestea, el observă și o diferență notabilă. De data aceasta, Liliana nu rămăsese în spatele ușii.

Liliana se îndreptă alene spre patul lui. Se aplecă deasupra lui, iar mâna sa răcoroasă se odihni pe fruntea lui Victor câteva secunde. Dădu din cap satisfăcută, iar apoi se întinse să-i prindă încheietura mâinii. Îi verifică pulsul și înclină din cap aprobativ din nou.

-În ciuda a tot ce s-a întâmplat, ești în regulă, spuse ea, iar un amuzament ușor îi îndepărtă îngrijorarea de pe față.

-De-asta m-ai trezit la ora asta nefirească? Să-mi spui că sunt bine? o întrebă el, pretinzând că era supărat, deși de fapt îi făcuse plăcere să-i simtă grija pentru el.

Ea oftă, își scutură capul, iar apoi îi replică:

-De ce oare m-am așteptat să ai o atitudine diferită în dimineața aceasta?

Victor se încruntă la ea, iar ea își lăsă palma pe pieptul lui, pentru a-i calma supărarea. Se îndreptă apoi și își împinse coada împletită peste umăr. Ochii lui Victor îi supravegheau cu atenție fiecare mișcare.

-În primul rând nu este o oră așa de nefirească pentru a te trezi. Este deja aproape de amiază, îi explică ea pe un ton monoton, iar privirea i se fixă pe ochii lui.

Când în sfârșit înregistră cuvintele ei, Victor se încruntă și se întinse după telefonul mobil pe care îl lăsase pe noptieră. Nu-și putu opri un geamăt, dar ridică mâna imediat când Liliana vru să-l ajute. Smulse telefonul de pe noptieră și verifică cât era ora. Când văzu cât de târziu era, se încruntă și înjură.

-De ce nu m-ai trezit înainte de ora asta? strigă el la ea și împinse cearceaful la o parte cu nerăbdare.

Abia când ochii Lilianei se rotunjiră șocați, își aminti Victor că el mereu dormea gol pușcă. Rapid, se acoperi cu cearceaful din nou.

-Scuze, mormăi el. Pur și simplu, am uitat, îi explică el.

-Nu e nici o problemă, îi îndepărtă Liliana îngrijorarea cu un gest. Oricum, dacă nu ai nevoie de ajutorul meu, spuse ea, oprindu-se pentru a se uita la chipul lui, tocmai la timp pentru a-l vedea scuturându-și capul, atunci mă duc înapoi la parter. Detectivii și Axel sunt aici, continuă ea. De asta am venit să te trezesc, își continuă ea explicația în timp ce se îndrepta spre ușă.

-Dar de ce nu m-ai trezit mai devreme? întrebă Victor, supărat pe el însuși pentru că dormise întreaga dimineață.

-Aveai nevoie de cât mai mult somn, spuse ea blând, întorcând capul spre el.

-Și tu ai mers la culcare la aceeași oră ca și mine, sublinie el cu încăpățânare.

-Da, este adevărat, aprobă Liliana dând din cap, dar eu nu am trecut prin ce-ai trecut tu mai înainte de a merge la culcare, afirmă ea, iar de data aceasta nu-i mai dădu timp să-i răspundă, ci ieși cu pași fermi din cameră și închise ușa în spatele ei cu grijă.

Victor mormăi câteva vorbe de dulce pe sub barbă, iar apoi coborî din pat, fiecare mișcare făcându-l să geamă și să înjure. Expresiile sale erau atât de colorate că erau demne de a face parte din repertoriul unui marinar beat.

Se decise să facă un duș fierbinte înainte de a coborî la vizitatorii săi, în speranța că și-ar mai liniști astfel mușchii maltratați. Așa că, strângând din dinți, se târî spre baie. Aruncă o privire în oglindă, iar aceasta îl asigură că mai era încă viu, chiar dacă arăta la fel de bine ca moartea încarnată.

CU PAȘI MĂSURAȚI, CONSECINȚĂ clară a activităților sale din noaptea precedentă, Victor se îndreptă spre terasă, unde detectivii se adunaseră.

Curtea lui era orientată spre sud și părea mereu mai cald acolo decât în celelalte părți ale casei, așa că nu era de mirare că musafirii lui au ales să rămână afară. Marea parte a canadienilor pe care-i cunoștea încercau să profite de soare cât mai mult posibil.

Știa că detectivii se adunaseră pe terasă pentru că le auzise vocile prin fereastra deschisă în timp ce se îmbrăca – o altă activitate care-i luase o eternitate.

Oamenii așteptaseră deja o vreme. Victor avusese nevoie de aproape o jumătate de oră pentru a-și termina dușul și pentru a trage niște pantaloni și un tricou pe el.

'*Dacă nu doreau să aștepte după mine, ar fi trebuit să sune înainte de a veni,*' se gândi el cu indiferență și ieși pe terasă.

Ochii lui Axel se îndreptară spre el imediat și acesta se ridică să-l întâmpine.

-Hei, amice, este totul în regulă? îl întrebă el și-l plesni peste umăr.

Victor nu-și putu opri un geamăt profund, iar picături de sudoare îi apărură pe frunte. Își strânse mâinile în pumni, iar ochii săi albaștri se închiseră și mai mult la culoare. Dacă nu ar fi fost atât de doborât fizic, probabil că i-ar fi răspuns lui Axel cu aceeași monedă.

-Oh, am uitat din nou, se scuză Axel, iar o ușoară roșeață îi pudră obrajii.

Se grăbi să-i ia brațul lui Victor pentru ca să-l conducă spre sofa, unde s-ar fi simțit mai comfortabil, dar Victor se încruntă la el și își trase brațul din strânsoarea lui. Cu toate acestea, acceptă locul pe sofa și se așeză cu un icnet înnăbușit.

'Încă o aventură ca cea de azi noapte și m-am dus definitiv pe copcă,' observă Victor foarte pragmatic. La o adică, corpul uman nu putea suporta să fie torturat la infinit. Avea și el o limită.

-Cum te simți? îl întrebă Leah, iar îngrijorarea i se citea în ochi.

'Chiar e nevoie să mă mai întrebi?' se gândi Victor cu sarcasm.

Nu era ca și cum nu i-ar fi putut vedea cearcănele de sub ochi sau paloarea pielii.

-Cred că ar fi mai bine să nu te întreb, remarcă Leah, interpretând cu acuratețe privirea întunecată a lui Victor.

Victor ridică din umeri, iar apoi șuieră printre dinți când o durere ascuțită îi reaminti de rana de la bicepși. Din fericire, tăieturile de pe gât erau superficiale. Altfel nu ar fi fost capabil nici să-și miște capul mai devreme.

Victor auzi râsul Mariei venind din cealaltă parte a curții. Își întoarse privirea spre ea, exact la timp să vadă cum îl ironiza pe fratele ei pentru că nu reușise să prindă mingea.

Victor zâmbi satisfăcut că cel puțin copiii nu sufereau din cauza celor întâmplate în noaptea precedentă. Păreau că și-au revenit chiar foarte bine după șocul pe care l-au avut când au fost treziți și luați din paturile lor în mijlocul nopții pentru a fi ascunși într-un dulap.

Victor își întoarse privirea la *'musafirii'* săi. Numărul detectivilor crescuse. Mike i se alăturase lui Leah și Mark, iar acum îl privea pe Victor cu admirație.

Victor se strâmbă mental. Întotdeauna îi displăcuse admirația oarbă, iar el nu găsea că ar fi existat un motiv special pentru care să fie adulat în acel moment.

-Deci, care e verdictul? întrebă el cu indiferență, păstrându-și vocea plată, fără nici un fel de inflexiune.

Era adevărat că era destul de interesat de rezultatul anchetei privind implicarea sa în evenimentele din seara precedentă, dar nu când corpul lui ar fi avut nevoie să doarmă puțin mai mult. Oricum, nu ar fi avut mijloacele de a evita ce urma să vină, așa că nu vedea de ce s-ar fi grăbit să-și afle soarta.

-Nu ai de ce să te temi, se grăbi Mike să-i spună. Mi-am prezentat raportul Procurorului Coroanei și acesta a fost de acord cu mine și a decis imediat că este vorba de un caz clar. Erai în auto-apărare și nu ai folosit nici forță necorespunzătoare, nici forță excesivă , date fiind circumstanțele.

Victor dădu din cap că a înțeles. Știa că nu întotdeauna cineva care se găsea în situația lui era destul de norocos să nu fie interogat un timp îndelungat și să nu fie și târât la tribunal după aceea.

-Sunt sigur că trebuie să-ți mulțumesc ție pentru aceasta, îi spuse el lui Mike, care-și scutură capul.

-Nu, nu este nevoie să-mi mulțumești. Eu nu am făcut decât să pun câteva întrebări și să analizez scena. Totul demonstra că nu ai făcut nimic greșit. Nici măcar nu îți aparținea arma folosită pentru a-l ucide pe individul acela. Mai mult decât atât, sângele tău se găsea pe atacator și fusese acoperit cu sângele lui după aceea. Chestia aceasta a demonstrat clar cum s-au petrecut lucrurile. Tu ai fost primul rănit, ba chiar destul de rău considerând cantitatea din sângele tău găsită pe tipul mort. Este la mintea cocoșului că trebuia să răspunzi cu forță letală, sublinie Mike. Aș fi făcut același lucru dacă aș fi fost în locul tău, lovi el cu pumnul în masă.

Victor dădu din cap în semn că a înțeles. Cuvintele lui Mike îi mai îndepărtară o parte din tensiunea resimțită. Deși nu ar fi recunoscut, ce se întâmplase în timpul nopții și consecințele acțiunilor sale îi apăsaseră pe umeri. Știa că în cea mai mare parte a cazurilor de acest fel, când cineva se găsea într-o astfel de situație, era imediat acuzat de ceva, în special dacă a folosit o armă aflată în posesia sa. Nu era cazul în situația lui, dar știa foarte bine că orice circumstanță putea fi interpretată.

-Cu toate acestea, îți mulțumesc, repetă el. Ați reușit să obțineți informații de la Bila Strălucitoare? o întrebă el pe Leah.

-Bila Strălucitoare? se interesă Axel cu sarcasm. Mda, i se potrivește, observă el. E un nume chiar potrivit pentru acel individ.

Leah își scutură capul la el, iar apoi îi răspunse lui Victor:

-Imaginează-ți că omul ciripește de când și-a revenit, admise ea. Dar știu că l-ai lovit bine, își înclină ea capul spre el.

-Mai bine că l-am scos din circulație pe moment decât să-l fi ucis, mormăi Victor.

-Sper că nu ai nici un fel de remușcări serioase în ceea ce privește individul care a murit, interveni Axel pe un ton serios.

-Nu-mi permit să am, replică Victor pe un ton sec. M-ar fi ucis și pe mine și pe ei, arătă el cu bărbia spre copiii jucându-se în cealaltă parte a curții. Nu, nu pot avea nici un fel de remușcări. Sunt numai ușurat că totul s-a încheiat. Este adevărat că aș fi preferat să nu-l fi ucis, ci doar să-l incapacitez și pe el, spuse el deschizându-și brațele. Dar nu cred că mai are vreun sens să ma gândesc la ce ar fi fost dacă totul s-ar fi desfăşurat altfel, răspunse el pe un ton uscat, iar apoi se întoarse din nou spre Leah. Deci, ce a avut de spus?

-Oh, ne-a dat destul, i-a spus ea. Desigur, după ce a vizitat spitalul. Au trebuit să-i pună încheietura mâinii în ghips. I-ai rupt-o, ca să ştii, menţionă ea.

-Destul pentru ce? insistă Victor privind-o fix.

Ştia doar că-i rupsese individului blestemata aia de încheietură. Acela şi fusese scopul său. Evident că nu-i păsa de ce au trebuit doctorii să-i facă omului la spital.

Mai mult, nu credea că detectivii veniseră numai cu intenţia de a-i face o vizită de curtoazie. Se îndoia că nu doreau să-i spună nimic. Nu ar fi avut nici un sens ca Mark şi Mike să li se alăture lui Leah şi Axel pentru o astfel de vizită.

-Am emis două mandate de căutare azi dimineaţă, îl informă Leah. Unul pentru broker, iar celălalt pentru afaceristul care împrumuta banii. Oamenii noştri caută prin documente acum. Cum Bilă Strălucitoare, cum îţi place să-l numeşti, ne-a oferit şi informaţii privind unele dintre '*accidente*', azi dimineaţă, i-am arestat pe amândoi, şi pe '*afacerist*' şi pe broker.

-Cel puţin, '*accidentele*' se vor încheia acum, remarcă Victor, iar Axel aprobă cu o înclinare a capului.

-Bila Strălucitoare va depune mărturie că Smidgen a plănuit şi l-a ucis pe Gunther şi, bineînţeles, că a încercat să te ucidă şi pe tine, se gândi Mark să adauge. Azi noapte, ordinul de a te ucide a venit de la celălalt, Donald Stanton. Ăsta-i numele afaceristului, explică el.

-Sper că vă este foame, vocea joasă a Lilianei veni din spatele lui. Este aproape ora unu, menţionă ea.

Victor se întoarse rapid, iar durerea îi inundă tot trupul. Își flexă pumnii pentru a nu geme audibil, iar ochii săi aspri se opriră pe chipul Lilianei.

-Ești ceva de necrezut, mormăi el cu uluire. După absolut tot ce s-a întâmplat în timpul nopții trecute, tu tot ai mai găsit puterea să gătești, își scutură el capul, ca și cum nu i-ar fi venit să creadă.

-Copiilor nu le pasă de ce s-a întâmplat în noaptea trecută. Ei tot cer să mănânce, indiferent de ce se întâmplă, îi răspunse ea sarcastic. Și tu ai nevoie de mâncare, de altfel, așa că ține-ți gura și pregătește-te să mănânci, spuse ea, punând o supieră cu ciorbă pe masă.

Apoi se întoarse și se îndreptă alene spre casă pentru a aduce boluri, linguri și pâine. Leah și Axel imediat se ridicară și o urmară cu intenția de a o ajuta.

-Cred că și noi ar trebui să mergem, îi șopti Mark lui Mike, care dădu din cap afirmativ și se pregăti să se ridice.

-Nu este necesar, îi opri Victor. Ținând cont că sunt deja trei, ar trebui să termine cu toate cele în câteva momente. Doar relaxați-vă între timp, îi invită el, iar apoi se decise să facă și el exact același lucru.

-DECI AVEȚI MOTIV DE arestare atât pentru Smidgen cât și pentru Stanton, observă Victor, servindu-se cu încă o chiflă din coșul de pâine pe care Axel îl pusese pe masă.

Deja terminaseră ciorba și începuseră felul doi, care era alcătuit din chiftele, cartofi piure și salată. Pruncii își terminaseră deja prânzul, dar tot veniră să mai ia câte o chiftea și o chiflă fiecare, ceea ce i-a amuzat pe toți.

De data aceasta, Leah o convinsese pe Liliana să ia loc la masă și să ia prânzul cu ei. Liliana deja știa destul despre cazul lor și nu se dovedise a fi genul care să leșine la orice, mai ales când se ocupase de rănile lui Victor.

-Mai mult decât destul, replică Mike, iar apoi mai luă niște piure. Cum de-l faci așa de cremos? întrebă el. Cartofii nevestei mele sunt plini de cocoloașe, se plânse el.

Victor mai că mârâi. Detectivii deveniseră din nou mult prea interesați de mâncarea de pe masă și uitaseră de scopul vizitei lor.

-Îi amestec cu lapte și unt, îi explică Liliana. Cred că laptele e ingredientul secret, admise ea.

Victor își dădu ochii peste cap. Avea sentimentul că s-ar fi aflat la o nenorocită de agapă cu scopul de a face schimb de rețete. Când Axel izbucni în râs, se uită urât la el, dar Axel își ridică mâinile.

-Hai, nu fi așa de pornit că este chiar foarte amuzant, îi spuse el lui Victor, iar replica să îl făcu pe Mike să roșească.

Liliana doar își scutură capul și continuă să mănânce. De când începuse prânzul, încercase să evite să se uite la Victor pentru că nu dorea să-i vadă dezaprobarea, dacă într-adevăr bărbatul nu era de acord cu ce pusese pe masă.

-Ai putea explica mai pe larg ce înseamnă '*mai mult decât destul*'? întrebă Victor pe un ton ciufut.

Mike se uită la el interogativ. Nu înțelegea ce l-a deranjat pe Victor, dar replică:

-Atunci când i-am spus individului că putem dovedi că așa-numitele accidente sunt în fapt crime, a mărturisit participarea la unele dintre crimele comise, sperând să obțină ulterior indulgență în stabilirea sentinței. De asemenea, ne-a spus și cine a ordonat crimele și de aceea am avut motiv de arestare pentru ceilalți doi.

-Iar luni dimineață, vom organiza listele cu celelalte polițe de asigurare vândute de Smidgen, interveni Mark, după ce avu grijă să înghită ce avea în gură, pentru ca Leah să nu se ia de el. I-am contactat pe ajustorii de reclamații, iar ei au promis să aibă listele pregătite. Apoi vom verifica să vedem care dintre asigurați este conștient că există o asigurare de viață pe numele lui și care nu.

-Cel puțin îi putem aresta pe beneficiari pentru fraudă cu asigurări, sublinie Leah. Probabil că îi vom face pe unii dintre ei să vorbească și să ne spună cum au aflat despre această schemă.

Victor dădu din cap satisfăcut că detectivii i-au luat recomandările în considerare. Era mai mult decât se așteptase.

-Încă mai aveți multe de făcut, observă el, iar Leah aprobă cu o mișcare a capului.

-Da, va lua ceva vreme, dar cel puțin i-am arestat pe cei ce se aflau la conducerea întregii organizații, spuse ea. Acum, este vorba numai de a determina cât de vinovați sunt ceilalți și, desigur, dacă este posibil, să îi arestăm pe instigatorii celorlalte crime care au avut deja loc.

-Asta va fi cam dificil, spuse Victor. Aveți prea puține dovezi și nimeni nu va recunoaște că a participat la o crimă dacă nu există nimic care să-i oblige.

-Dar putem determina dacă semnăturile de pe acele polițe aparţin oamenilor asiguraţi, după cum ai spus tu, sublinie Mark. Trebuie să existe vreo hârtie pe undeva cu scrisul lor, continuă el pe o voce încăpățânată, iar Leah fu nevoită să-și ascundă zâmbetul.

Acum Mark îmbrățișa opiniile și sfaturile lui Victor din toată inima. Fusese suficientă o luptă sângeroasă pentru a-i schimba perspectiva detectivului asupra lui Victor.

-Mergem cu vaporul azi? veni întrebarea Mariei de lângă Victor.

Victor își îngustă ochii când își aduse aminte de croaziera promisă și se întoarse spre fetiță.

-Ai promis, spuse ea cu emfază, iar umbra unui zâmbet flutură câteva secunde pe buzele lui Victor.

-Maria, interveni Liliana, Victor a fost rănit noaptea trecută. Va trebui să mergem altă dată.

Victor remarcă atât dezamăgirea din ochii fetiței, dar și îmbufnarea de pe buzele ei. Privi spre Axel să vadă ce părere avea, dar Axel pur și simplu ridică din umeri.

-Depinde numai de tine, mimă Axel, în așa fel încât copilul să nu-l audă.

-Vom merge azi, spuse Victor. Axel pare de acord.

-Uraaa, ovaționară cei doi copii, iar Victor se strâmbă din cauza nivelului decibelilor.

-Când? întrebă Maria imediat.

Victor privi spre Leah și Axel înainte de a-i da fetiței un răspuns.

-Cred că am acoperit totul, dădu Leah din umeri. Așa că am putea merge după ce terminăm prânzul. Ce părere ai? se întoarse ea spre Axel.

-Pentru mine, e perfect. Voi doi vreți să veniți? îi întrebă el pe ceilalți doi detectivi.

-Nu eu, își scutură Mike capul. Nu pot veni. Soția mea e hotărâtă să vadă un film în după-masa asta, așa că va trebui să mă duc acasă.

-Am cumpărat bilete pentru Jen și pentru mine la Teatrul Mirvish, așa că nu pot veni nici eu, spuse Mark deschizându-și brațele cu regret. Dar îmi place enorm prânzul acesta, se gândi el să menționeze, cu un zâmbet pentru Liliana.

-Este și desert, le spuse ea.

Victor se întoarse spre ea, își scutură capul și spuse sarcastic:

-Ai fost o albinuță foarte ocupată în dimineața asta, din câte văd.

-Oamenii reacționează diferit la stres, îi replică Liliana. Eu una, când sunt tensionată, gătesc. Mai mult decât atât, copiii se așteaptă să aibă un desert la sfârșitul săptămânii, ridică ea din umeri. Slujba de mamă nu-ți oferă o vacanță dacă ceva se întâmplă pe neașteptate, se răsti ea la el, după care se ridică să se ducă în casă.

-Nu am vrut să spun -, încercă Victor să se scuze, dar ea își scutură capul și plecă.

-Va veni înapoi, îl mângâie Maria pe braț, și din fericire îl alesese pe cel fără tăieturi. S-a dus numai să aducă desertul. Și vreau și eu desert, spuse ea și se așeză lângă Victor, așteptând răbdătoare ca mama sa să se întoarcă cu desertul.

Victor râse și-și trecu degetele prin părul scurt al fetei.

-De ce nu-ți ții părul lung, ca mama ta? întrebă el, iar curiozitatea îi era clar înscrisă pe chip.

-Pentru că mama nu are pe cineva care o trage de păr, replică ea sec. Lucian mereu profita. Acum nu mai poate, replică ea, ridicând un umăr.

CAPITOLUL 19 – GÂNDURI PREA SERIOASE PENTRU O CROAZIERĂ

Liliana se sprijinea de balustradă privind în depărtare. Nu remarcă rațele care se jucau în apă sau celelalte pânze de pe lac. Adâncită în gândurile sale, pritocea ce ar trebui să facă.

Nu era îngrijorată din cauza copiilor. Axel le ceruse să poarte vestele de salvare și, de când începuseră croaziera, amândoi copiii îl băteau la cap cu întrebări. La început s-a temut că omul se va sătura de toate întrebările lor, dar el părea să nu se supere de fel.

-Ce-i cu fața asta întunecată? cuvintele lui Victor îi întrerupseră reflecțiile, iar ea îi aruncă o privire fugară și ridică din umeri.

-Doar mă gândesc, replică ea pe un ton liniștit.

-La ce? insistă el, nedorind să abandoneze subiectul.

Victor își sprijini un cot de balustradă și își aplecă capul într-o parte ca să-i vadă chipul mai bine.

-La ce ar trebui să fac.

-În legătură cu ce? mârâi el nerăbdător, găsind că era extrem de frustrant să obțină un răspuns direct de la ea.

Liliana își întoarse fața spre el, iar privirea ei îi cercetă ochii. În cea mai mare parte a timpului, nu-l înțelegea pe Victor deloc. Uneori părea să se păstreze la așa mare distanță de oricine, încât nimic nu părea să-l atingă. Alteori, însă, părea să se supere fără nici un motiv și cât ai clipi din ochi.

După primele câteva zile petrecute în casa lui, Liliana renunțase să mai caute vreo logică pentru acțiunile sau atitudinea lui. Dar cu toate acestea, nu putea trece cu vederea că Victor era un specimen foarte interesant.

-E aproape o săptămână de când am venit aici, spuse ea. Trebuie să mă gândesc la ce trebuie să fac. Nu pot trăi așa, ca într-o bulă, ca musafir în casa ta, dădu ea din umeri.

-Mda, sunt sigur că perioada asta a fost mai plină de evenimente decât te-ai fi așteptat, spuse el, iar gura îi deveni o linie dură. A trebuit să faci față la prea multe.

-Nu prea, admise ea pe o voce blândă. Tu ai fost cel care a trecut prin multe. Eu doar am observat de pe tușă, explică ea.

-Aha, înțeleg. Și ce te gândești să faci?

-Va trebui să verific ce opțiuni am. Nu pot abuza de ospitalitatea ta mai mult de câteva zile. Va trebui să-mi găsesc o slujbă, cred, replică ea, iar nehotărârea i se auzi în voce. Cred că va trebui să obțin o educație în altă profesie pentru că nu văd cum aș putea merge la școală din nou pentru a face medicina, muncind în același timp și având grijă și de copii, adăugă ea cu regret.

-Mai întâi ar trebui să verificăm de ce ai nevoie pentru a obține o licență medicală. Nu cred că trebuie să treci prin toată școala. Este posibil să trebuiască să faci unul sau maximum doi ani de studii sau să treci niște examene.

Ea râse cu amărăciune și își scutură capul.

-Ce mai e acum? Victor întrebă încrețindu-și sprâncenele.

-Nu am mijloacele financiare să mă întrețin pe mine și pe copii mai mult de o lună sau două. Nici măcar nu mă pot gândi la un an sau mai mult, îi explică ea, iar colțurile buzelor i se curbară în jos.

-Ce cheltuieli prevezi? Da, va trebui să căutăm o școală pentru copii, probabil o grădiniță, cred, dată fiind vârsta lor. Și chiar mâine, pentru că anul școlar a început deja. Dar sunt convins că-ți vei permite școala lor, îi răspunse el pe o voce practică.

-Da, asta e bine și frumos, dar va trebui să plătesc și chiria pentru un apartament și va trebui să pun mâncare pe masă și..., începu ea să enumere în grabă, socotind fiecare articol pe degete.

-Hei, hei, hei. Ia-o mai încet pentru o clipă sau două. Nu ai nevoie de un apartament. Sunt destule camere în casa mea și nimeni nu le folosește, sublinie el.

-Dar nu pot abuza...

-Nu este nici un abuz, i-o tăie el scurt, tăind aerul cu palma deschisă. Camerele sunt goale. Ar trebui ca cineva să trăiască în ele.

-Dar tot trebuie să plătesc..., începu ea să spună, dar el o opri brusc cu o privire dură.

Când observă că Liliana nu și-a mai continuat propoziția, pe buze îi flutură un zâmbet.

-Ești o fată deșteaptă, observă el cu amuzament sec, ceea ce o făcu să se încrunte la el. Acum nu e cazul să te transformi într-o Valkyrie și să pornești război împotriva mea, râse el.

-Dacă nu vrei să plătesc, atunci trebuie să fac ceva pentru tine în schimb, replică ea pe o voce mânioasă.

-Din păcate, nu ceea ce îmi doresc eu cel mai mult, îi ieșiră lui cuvintele din gură înainte să se gândească la ce spunea.

Când și-a dat seama ce spusese, Victor se uită la ea dintr-o parte, sperând că Liliana nu a priceput sensul cuvintelor lui.

-Ce vrei tu cel mai mult? Poate că pot să-ți ofer acel lucru, replică ea, neînțelegând despre ce vorbea el.

Victor își strânse buzele. Ochii lui se măriră, iar o lumină ciudată jucă în pupilele lui.

-Haide, sunt sigură că pot să fac ce ai tu nevoie, insistă ea.

Victor începu să tușească pentru a-și ascunde reacția la vehemența ei. Liliana îl privi confuză.

-Ești bine? Ce s-a întâmplat? întrebă ea, atingându-i gâtul.

Victor tresări sub atingerea ei și se dădu câțiva pași în spate. Își scutură capul și încercă să-și controleze tusea.

Apoi, își întinse brațul pentru a o ține la depărtare și îi spuse:

-Nu e nimic, sunt bine. Chiar perfect, adăugă el ca să fie sigur.

Își scutură apoi capul din nou și adăugă cu emfază:

-Nu, nu este nevoie să faci nimic. Ai făcut destule până acum. Vorba ceea, ai gătit, m-ai bandajat, specifică el arătându-și bicepșii. Nu e nevoie să-mi plătești nimic sau să faci ceva.

Cu acele vorbe, se întoarse și plecă de lângă ea. Liliana îl urmări supărată cu privirea. Nu-l putea înțelege pe acel bărbat defel.

Leah se apropie de ea, cu un zâmbet larg pe buze.

-Este totul în regulă? o întrebă ea pe Liliana.

-Nu știu, replică aceasta cu frustrare în voce. Poate că tu poți înțelege mai bine ce vrea Victor să spună, că eu una nu pricep defel, se decise ea să discute cu Leah. Știi, tocmai discutam cu el. A spus că putem rămâne în casa lui, dar că nu vrea să ia bani de la mine, spuse ea, gesticulând agitată. L-am întrebat ce vrea și a spus că nu-mi poate cere ceea ce vrea sau ceva asemănător, continuă Liliana, brusc nesigură de cât de fidel relata totul. Oricum, atunci când i-am spus că îi pot oferi ceea ce vrea, a început să tușească și pur și simplu a plecat, explică ea, iar vocea ei arăta clar că se simțea ofensată.

Spre consternarea ei, Leah izbucni în râs, scuturându-și capul.

-Nu începe și tu, mormăi Liliana printre dinți. De obicei sunt mai deșteaptă decât atât.

-Îmi cer scuze, dar amândoi sânteți atât de amuzanți că nu mă pot abține să nu râd. Ceea ce vrea el ești tu. Este clar ca bună ziua. Cum de nu ți-ai dat seama, nu știu, își exprimă ea mirarea. Și este clar, de asemenea, că și tu ești interesată. Din nou, nu înțeleg cum de el nu vede asta, sublinie Leah într-o manieră foarte practică.

După ce-și făcu opinia cunoscută, Leah se îndreptă spre Axel, care o primi petrecându-și un braț în jurul ei, pentru a o strânge lângă el. Ochii Lilianei se măriseră, iar mâna îi zburase la gât în momentul în care auzise cuvintele lui Leah.

Acum, uimită, se uita fix la femeia care se odihnea în îmbrățișarea lui Axel. Cuvintele lui Leah puneau totul într-un nou context.

Liliana își scutură capul. Nu îi venea să creadă că nu înțelesese singură ce se întâmpla. Dar trebuia să admită adevărul. Victor era diferit față de toți bărbații pe care îi cunoscuse în trecut și de aceea nu putea să îi înțeleagă nici acțiunile, nici vorbele.

Simți ochii lui Victor ațintiți asupra ei și-și întoarse privirea spre el. Pupilele bărbatului se întunecaseră și intensitatea lor o făcu să tremure. Își înlănțui degetele strâns până ce i se albiră falangele. Acum că înțelegea sensul cuvintelor lui de mai devreme, se simțea ca și cum se afla într-un ocean de nehotărâre.

CAPITOLUL 20 – UN NECAZ NU VINE NICIODATĂ SINGUR

Până vineri, copiii reușiră să nu se mai plângă atât de mult că trebuiau să meargă la grădiniță. Oricum, până atunci, Victor se resemnase deja.

Diminețile zgomotoase deveniseră ceva normal. Nu mai credea că ar fi existat vreo metodă care să-i facă pe copii să iasă din casă dimineața fără ca ei să fie răutăcioși cu mama lor.

Miercuri, Victor se decise să-i ducă el cu mașina pe copii la grădiniță singur. Nu îndrăzneau să fie atât de vocali cu el, iar soluția lui îi asigura un pic de liniște măcar pentru o vreme. De atunci, își asumase sarcina de a-i conduce el la grădiniță și nu-și regretase hotărârea nici pentru un moment.

Vineri, în timp ce conducea înapoi spre casă, după ce îi lăsase pe copii la grădiniță, Victor se gândi să o sune pe Leah sau pe Axel ca să afle cum mai mergea cazul.

Nici unul dintre ei nu îl mai sunaseră de marți, de când îl anunțaseră că fusese într-adevăr corect în evaluarea sa. Oamenii asigurați nu știau nimic despre polițele de asigurare care fuseseră cumpărate pe viața lor.

Poliția începuse să îi adune pe beneficiari pentru interogare, iar Victor nu mai putea de nerăbdare să afle ce descoperiseră.

După ce-și parcă mașina, se îndreptă spre casă, bucurându-se de căldura zilei. Temperaturile erau destul de ridicate, iar el se gândi să profite de vremea bună și să-i ducă pe Liliana și copii la Cascada Niagara ziua următoare.

Își lăsă cheile în bolul pe care-l așezase în acest scop pe masa din holul de la intrare, iar apoi, nevăzând-o pe Liliana nicăieri, își scoase telefonul mobil din buzunar și îl sună pe Axel în drum spre biroul său.

Se gândise că era mai probabil ca Axel să-i răspundă la apel. Presupuse că Leah s-ar putea să fie încă ocupată cu interviurile.

-Hei, salut, îi răspunse Axel. Cum mai merge treaba?

Tocmai își deschisese gura să-i răspundă, când o voce dură lătră din spatele lui, venind din dreptul ușii de la sufragerie:

-Închide telefonul și pune-ți mâinile sus.

Victor își ridică privirea și văzu copia identică a omului morcov, care țintea un pistol ațintit spre el. Ochii îi fulgerară cu supărare. Dacă nu se întâmpla un lucru, atunci cu siguranță se întâmpla altceva.

Pe o voce calmă, deși numai calm nu se simțea, replică:

-Ține-ți nerăbdarea în frâu. Închid telefonul acum.

Pretinse că a închis telefonul, dar de fapt apăsă pe tasta speaker. Spera că Axel va înțelege ce se întâmplă și va face ceva. Dar mai important de atât, spera că Axel a auzit vocea bărbatului și nu va spune nimic ca să-l dea de gol că nu deconectase convorbirea.

Nici măcar nu se gândi să bage telefonul înapoi în buzunar, ci, ținându-l în continuare în mână, întrebă:

-Ce vrei?

Bărbatul avansă spre el cu o față întunecată. Încruntarea îi întuneca chipul palid, și ochii lui îl fulgeră pe Victor.

-I-ai luat viața fratelui meu, iar acum eu o voi lua pe a ta, îi spuse el de-a dreptul, iar chipul lui trăda tot la fel de multă emoție ca și când ar fi vorbit despre vreme.

Victor se dădu înapoi câțiva pași, încercând să determine ce șanse avea, dar bărbatul îl urmări pas cu pas, demonstrând că avea răbdarea unui vânător.

-Un ochi pentru un ochi, înțeleg, eh? observă Victor pe un ton moale, iar bărbatul aprobă dând scurt din cap. Totuși, cred că-ți dai seama că nu am avut de ales, încercă Victor să discute rațional cu el, deși se îndoia că exista vreo posibilitate să reușească.

-Ai avut o alegere – să mori. Tu trebuia să mori, nu el, bărbatul ridică din umeri. Oricum, nu-mi mai pasă. Vei muri azi. Dar mai întâi vreau să văd că suferi, își anunță el planul cu un rânjet pe buze. Unde e femeia? întrebă el pe un ton ferm.

-Care femeie? întrebă Victor.

Pretinse că nu-l interesa conversația și merse chiar atât de departe încât să-și verifice unghiile și spatele palmei, de parcă ar fi fost extrem de importante în acel moment.

-Nu fă pe prostul. Vreau femeia mai întâi. M-am uitat în jur, dar nu am văzut-o. Deci unde este? Oricum, o vom aștepta să apară mai întâi. Dacă o ucid pe ea, asta te va face să suferi. Păcat că nu va dura destul de mult, spuse el cu regret. Va trebui să te ucid curând după aceea, dar, cel puțin, îmi vei fi gustat mânia, dădu el din cap cu satisfacție când văzu scânteia neagră din ochii lui Victor.

Victor încercă să-și ordoneze gândurile. Până atunci Axel nu spusese nimic, ceea ce însemna că era conștient de ce se întâmpla. Probabil că pusese telefonul pe mut pentru că nici măcar o resirație ușoară nu se auzea pe linie. Nici nu îndrăzni să se gândească că Axel ar fi deconectat apelul.

Nu-și putea imagina însă unde se dusese Liliana. Aceasta se aventurase afară din casă de câteva ori în decursul ultimelor zile, dar niciodată nu mersese prea departe. Întotdeauna stătea aproape de casă. Nu îndrăznea să facă incursiuni mai lungi în oraș pentru că nu cunoștea orașul încă.

Oricum, lui nu-i spusese nimic despre vreo ieșire în oraș în dimineața aceea. Victor spera numai că Liliana nu se va întoarce acasă înainte ca Axel să fi putut interveni.

-Acum îngenunchează aici, bărbatul cu părul ca morcovul lătră arătând spre podea cu pistolul. Și pune-ți mîinile la spatele capului, se gândi el să adauge.

Victor își scutură capul a refuz, iar bărbatul se uită urât la el.

-De ce aș face ce-mi spui? întrebă Victor. Oricum mă vei ucide, așa că nu văd să am vreun avantaj dacă îți ascult ordinele, ridică el din umeri.

-Dar te pot împușca în așa fel încât să te țin viu o vreme, bărbatul mârâi.

-Și cu ce m-ar motiva chestia asta? replică Victor privindu-l pieziș.

-Păi, va fi mai dureros pentru tine în timp ce aștepți să-ți dai duhul, îi explică iritat omul morcov.

-Considerând că voi muri destul de curând, ideea că aș avea parte de durere nu mă macină prea mult. Nu reprezintă ceva cu adevărat important pentru mine, replică Victor cu indiferență, iar comportamentul lui îl făcu pe celălalt bărbat să strângă din dinți.

-Te voi împușca în burtă. Din câte înțeleg, ar trebui să fie o moarte foarte de dureroasă. Acum îngenunchează, urlă el.

-Nu neapărat, îl contrazise Victor, vocea lui rămânând calmă, intenția lui fiind să-l calce pe celălalt pe nervi.

-Ce? strigă omul cu pistolul, înfuriat de refuzul continuu al lui Victor de a-i urma ordinele.

-Spuneam numai că dacă mă împuști în burtă nu înseamnă automat că voi avea o moarte lungă și îndelungată, îi explică Victor cu răbdare. Depinde de traiectoria glonțului, să știi. Iar asta nu este ceva ce poți planifica dinainte. Aș putea la fel de bine muri și pe loc, sublinie el.

-Ți-ai pierdut mințile? strigă bărbatul din nou, pur și simplu uluit de îndrăzneala lui.

-Nu, își scutură Victor capul. Te asigur că sunt în toate facultățile mentale. Dar de asemenea știu și ce poate face un glonte. În teorie, vreau să spun. Încă nu am avut o astfel de experiență eu însumi. Faptul că vrei ca eu să sufăr nu înseamnă automat că voi și suferi, dădu el din umeri din nou, cu indiferență, deși, de fapt, își supraveghea adversarul cu atenție.

Era mai mult ca sigur că atacatorul său își ieșise deja din pepeni. Fața i se contorsionase, iar ochiii îi luceau cu sălbaticie.

Victor nu știa dacă avea sau nu vreo șansă de a ieși din situația aceea viu și nevătămat, dar spera să poată să-l enerveze pe om într-atât de mult încât acesta să decidă să-l atace fizic, astfel uitând că avea pistolul în mână, ori cel puțin să câștige destul timp pentru ca Axel să sosească și să-l ajute. Nu se îndoia defel că acesta îi spusese deja lui Leah despre ce se întâmpla în casa lui.

-Ești țăcănit, trase bărbatul concluzia și după aceea ridică mâna cu pistolul. Cred că mai bine te împușc acum și apoi o aștept pe femeie. S-ar putea să mă și distrez un pic cu ea mai întâi, înainte de a o ucide, vreau să spun, rânji el, iar Victor văzu roșu în fața ochilor.

Bărbatul eliberă siguranța de la trăgaci și armă pistolul. Își întinse brațul, iar acum, chipul îi deveni rece și indiferent. Degetul său arătător începu să apese pe trăgaci.

Victor se resemnă. Știa că probabil va muri în secunda următoare. Era conștient că și dacă l-ar fi atacat pe bărbat, nu ar fi avut timp să ajungă la el înainte de a fi secerat de gloanțe. Dar, indiferent de rezultat, știa că trebuia măcar să încerce, așa că se aruncă spre el, în același timp lăsând telefonul mobil să cadă la pământ.

În acel moment, Liliana ieși în fugă din birou, desculță, ca să nu facă nici un zgomot. În mână, avea pregătit unul din uriașele dicționare tehnice ale lui Victor. Cu un strigăt feroce, demn de orice luptător feroce, îl pocni pe atacator peste cap cu dicționarul.

Capul omului se întoarse la dreapta în urma impactului, dar, în același timp, degetul său apăsă pe trăgaci, iar glontele traversă brațul lui Victor, același braț stâng care nu avusese încă șansa să se vindece complet.

Glontele urmă o traiectorie în sus, prin biceps, iar apoi, după ce a parcurs doar vreo trei centimetri prin mușchi, ieși din brațul lui Victor, parcurse distanța până la bordura din lemn care decora tavanul livingului și se infipse în lemn.

Șocat din cauza impactului, Victor reuși numai să geamă și se holbă la femeia care acum respira cu dificultate. Chipul ei se albise, iar ochii ei ciocolatii străluceau puternic.

Cu un șut puternic, Liliana îndepărtă arma de lânga mâna bărbatului, iar forța loviturii trimise pistolul la câțiva metri depărtare. După aceea, Liliana se grăbi spre Victor.

-Ești în regulă? îl întrebă ea, iar vocea îi tremura de îngrijorare.

Victor îi aruncă o privire neîncrezătoare care arăta clar că el considera că Liliana își pierduse până și ultima brumă a rațiunii. Nu era nici o îndoială că și ea putea vedea că glonțul îi trecuse prin braț pentru că în momentul impactului, sângele țâșnise din rană. El unul îl simțise.

Când ajunse la el, degetele ei tremurătoare îi atinseră bicepsul, iar Victor tresări. Glonțul pătrunsese foarte aproape de rana lăsată de cuțit cu câteva zile în urmă.

El îi scutură mâna de pe el și se îndreptă în grabă spre omul care începuse să se miște. Îl puse din nou la pământ cu un pumn puternic în tâmplă, iar omul, cu un geamăt profund, își pierdu cunoștința din nou.

Victor oftă ușurat, iar apoi își întoarse privile spre Liliana care înghețase pe loc.

-Adu-mi ceva să-i leg mâinile, o rugă el cu blândețe, când văzu lumina sălbatecă care încă îi dansa în ochi.

Liliana dădu din cap și fugi spre dulapul din hol. Se întoarse cu o frânghie după numai câteva momente și i-o înmână.

Victor observă că mâinile femeii încă tremurau vizibil din cauză că adrenalina din corp i se disipase, dar, din păcate, nu era încă momentul potrivit să o consoleze.

Abia reușise să îi lege mâinile bărbatului când sunetul portierelor trântite cu putere îi ajunseră la urechi.

-Presupun că Leah și Axel au ajuns, remarcă el pe un ton uscat, iar apoi, cu un geamăt, se ridică în picioare.

Se strâmbă când simți arsura unei dureri noi, care, evident, se alăturase nenumăratelor dureri care și așa îl asaltau constant de zile în șir. Cel puțin se obișnuise cu celelalte de-a lungul ultimelor zile.

-Apropo, unde erai? își întoarse el capul spre ea în drumul său spre ușă. Mi-a spus că nu te-a găsit când a cercetat casa.

-Eram în birou. Foloseam laptopul tău să caut ceva pe Internet când am auzit zgomotul pe care îl făcea. Nu mi s-a părut că are prea mult talent la spart case. Face mult prea mult zgomot, spuse ea, încrețindu-și nasul cu dezgust. Omului îi lipsesc aptitudinile de bază, își scutură ea capul. Oricum, am închis laptopul și m-am ascuns sub birou, dădu ea din umeri cu indiferență. Știu, nu a fost o mișcare foarte isteață din partea mea, dar nu vedeam unde altundeva puteam să mă ascund. Nu există nici un loc în biroul ăla unde să te poți ascunde. Ar fi trebuit să mă găsească imediat, dar cred că a verificat camera așa, în mare. L-am auzit mergând la etaj după aceea, dar nu știam dacă aș fi avut timp suficient să fug afară din casă, așa că am rămas acolo până ce a decis să te împuște, îi explică ea.

-Aha, înțeleg, murmură Victor și-și scutură capul. Mă rog, cred că ar trebui să-ți mulțumesc, bodogăni el, deși glontele ăla tot m-a găsit, adăugă el, părăsind încăperea.

În urma lui, Liliana își exprimă sentimentele jignite cu un icnet zgomotos. Nu-i venea să creadă că era atât de lipsit de gratitudine.

-TOCMAI ÎL CĂUTAM PE individ când a venit apelul tău, explică Leah pe un ton apologetic.

Ofițerii în uniformă îl încătușaseră deja pe bărbat și îl luaseră afară la mașina de poliție. Între timp, Liliana îl bandajase pe Victor din nou sub ochii paramedicilor, iar apoi plecase spre bucătărie.

-El este al treilea om care a luat parte la omoruri, îi spuse Leah.

-Înțeleg, răspunse Victor dând din cap. Nu te acuz de nimic. Se pare numai că am o perioadă când ghinioanele se țin lanț de mine, dădu el din umeri.

-Ei bine, ai fost înjunghiat, pocnit, împușcat... o mulțime, interveni Axel pe un ton sec. Da, aș spune că într-adevăr ai o perioadă serioasă de ghinioane. Să sperăm că s-a terminat.

-Și cu toate acestea, ai supraviețuit, de fiecare dată, remarcă Mark cu uimire și venerație, iar Victor își dădu ochii peste cap, dezgustat de admirația vădită a bărbatului mai tânăr.

El unul nu vedea nimic de admirat. Îl durea trupul peste tot, și nici nu voia să se gândească la cât de mult sânge pierduse. Își întoarse capul de la detectivi și-și ciufuli părul cu degete nerăbdătoare.

Ochii îi căzură pe barul ascuns pe care-l instalase în birou și decise să se trateze cu un pahar de whiskey. Îl merita, în fond.

Deschise barul și scoase sticla pe care Leah și Axel i-o oferiseră cadou de ziua lui.

-Vrea careva din asta? se întoarse el spre ei și-i întrebă ridicând sticla ca să o vadă.

Detectivii își scuturară capetele cu regret. Erau în timpul serviciului și regulamentul le interzicea să bea alcool.

-Mda, probabil că nu este o ofertă prea bună pentru voi în acest moment, murmură Victor. Îmi pare rău, prieteni, dar după aceste ultime două săptămâni, cred că am nevoie de un pahar, chiar dacă mă veți considera nepoliticos, spuse el și-și turnă o porție generoasă într-un pahar pântecos, pe care, de asemenea, îl scoase din bar.

-Ești sigur că nu vrei să mergi la spital? îl întrebă Leah, îngrijorată că Victor fusese rănit de prea multe ori în ultima vreme.

Victor își scutură capul.

-Liliana a oprit sângerarea... Desigur, având grijă să facă tot posibilul să mă doară și mai rău decât înainte, se gândi el să adauge pe un ton ursuz, iar o grimasă i se urcă pe buze, chiar dacă era conștient că era numai răutăcios. A pus și niște antibiotic pe rană, așa că sunt acoperit.

-Și eu am considerat că ar trebui să meargă la spital pentru a fi consultat, dar este căpos ca un asin, vocea Lilianei veni dinspre ușă.

După ce îi curățise rana și i-o bandajase, Liliana se hotărâse să facă niște cafea și se încăpățânase să nu ia în calcul nici unul dintre argumentele pe care el le prezentase împotriva inițiativei sale.

'*E ca și cum ar vrea să fiu cât se poate de treaz ca să mă pot bucura cât mai bine de toate durerile,*' reflectă el cu resentiment, iar chipul i se întunecă de necaz.

Liliana puse tava cu cești pe birou și turnă cafea în fiecare ceașcă. Îi invită pe detectivi să se servească ei înșiși cu zahăr și lapte, iar apoi se îndreptă și se întoarse spre Victor.

Când privirea îi căzu pe paharul de whiskey din mâna lui, se încruntă și se îndreptă cu pași apăsați spre el. Îi smulse paharul din mână exact când Victor voia să soarbă din băutură din nou, iar whiskey-ul țâșni din pahar și îl stropi pe față și pe cămașă.

-Ce naiba? exclamă el livid, ștergându-și fața cu un gest nervos.

Ochii i se lărgiseră și o grimasă întunecată îi umbrea chipul. Nu-i venea să creadă că femeia a avut tupeul să-i smulgă paharul din mână.

-Nu bei alcool într-o astfel de situație, tembelule. Abia ai luat un antibiotic și un calmant. Nu am insistat să mergi la spital, e adevărat, dar asta nu înseamnă că voi sta deoparte și îți voi permite să te omori singur, replică ea furioasă și turnă băutura din pahar în ghiveciul cu flori aflat pe pervarzul de la fereastră.

-Sunt din plastic, observă el pe un ton sec. Florile sunt din plastic, clarifică el când ea îl privi uimită.

Liliana se înroși violent, dar ridică din umeri nonșalant.

-Nu știu eu prea multe despre plante și grădinărit, mormăi ea, dar știu despre chestia asta, spuse ea arătând spre bandajul pe care-l aplicase pe brațul lui.

Detectivii se luptau să-și stăpânească râsul. Mark se holba la niște pete invizibile de pe tavan și își mușca buza inferioară. Se îndoia că ar fi fost o idee prea bună să izbucnească în râs chiar atunci. Se temea că Victor i-ar vrea capul în acel caz.

Victor se uită urât la Liliana câteva momente, iar apoi se întoarse spre detectivi.

-Deci ce se întâmplă acum? întrebă el.

Spre uluirea lor, imediat după ce le pusese întrebarea, Victor ieşi pe uşă. Fără nici un fel de legătură cu ceea ce tocmai spusese, Victor aruncă peste umăr:

-Hai, să ieşim pe terasă. Nu este suficient spaţiu pentru noi toţi aici.

În câteva secunde, părăsise deja încăperea, iar detectivii tot se mai uitau în urma lui, şocaţi de comportamentul lui.

Liliana numai oftă şi se îndreptă spre birou pentru a pune ceştile înapoi pe tavă ca să le ducă afară pe terasă.

-Nu te obosi, îi opri Axel mişcările. Fiecare îşi va lua ceaşca.

Când ajunseră pe terasă, Victor era deja aşezat pe locul său obişnuit de pe sofa. Îşi întinsese picioarele în faţa lui şi îşi încrucişase braţele peste stomac. Îi privea sfidător, chipul îi era beligerant, iar ochii îi deveniseră duri.

-Deci, întrebă el după ce ceilalţi au luat şi ei loc, la ce alte atacuri mai trebuie să mă aştept?

-La nici unul, îi replică Leah cu convingere.

-Eşti sigură? o întrebă el din nou. Pentru că dacă nu eşti sigură, atunci îi voi trimite pe Liliana şi pe copii într-o vacanţă prelungită în afara provinciei. Nu-i voi pune în pericol din nou, declară el cu hotărâre.

-Nu suntem obiecte să fim trimişi undeva de parcă am fi colete poştale, Liliana observă pe o voce aspră. Dacă vrei să plecăm din casa ta, bine, vom pleca, dar asta...

-Am spus eu ceva de acest gen? Că vreau să plece din casa mea? o întrerupse Victor, punând întrebarea celorlalţi şi nu ei. Am spus numai că nu vreau să vă pun în pericol, accentuă el cuvintele, întorcându-se spre ea şi încercând să o intimideze cu privirea lui aspră.

Pentru o clipă, deconcertată, Liliana nu știu ce să-i răspundă, iar Axel profită de tăcere.

-Da, suntem siguri, Victor. Absolut fiecare persoană implicată în acest caz a fost arestată. Îl mai căutam doar pe geamănul omului morcov, dar acum și el este scos din circulație. Poți să-ți continui viața fără să te temi că ar veni careva după tine, îi explică el cu răbdare.

-Deci cazul este închis? întrebă Victor cu scepticism.

Nu credea nici măcar pentru o clipă că reușiseră să închidă cazul atât de rapid.

-Nu, desigur că nu este. Dar ce a mai rămas de făcut, este să-i adunăm pe toți cei care au cumpărat aceste polițe de asigurare și care au instigat la crimă, explică Leah. Ceea ce înseamnă că Axel ți-a spus adevărul. Nu mai sunteți în pericol. Cei care comiteau crimele sunt deja arestați.

-Deci atunci pot să-i duc pe copii la cascada Niagara mâine? întrebă el, iar ochii Lilianei se măriră.

-Cum vrei să conduci cu brațul acela? l-a întrebat ea, nevenindu-i să-și creadă urechilor.

El se mulțumi să dea din mână ca și cum întrebarea ei nici nu merita atenție, iar Axel își scutură capul.

Se aplecă peste Victor și, scuturându-și capul din nou, șopti:

-Ar trebui să înveți cum să-ți alegi bătăliile, Victore.

În ciuda precauțiilor sale, Leah i-a auzit cuvintele, iar ochii i se îngustară. Axel se mulțumi numai să ridice din umeri, ca și cum nu ar fi fost vinovat de nimic.

VICTOR ÎI DUSE PE LILIANA și pe copii la Cascada Niagara numai după alte două săptămâni. Subestimase încăpățânarea și șirea spinării de oțel al unei femei din țara sa de baștină, și după aceea își promisese să nu mai facă aceeași greșeală a doua oară.

Făcuse un compromis și acceptase ca ea să gătească pentru el ca să nu se mai simtă obligată față de el, dar nu acceptă nici un fel de compromis și refuză toate ofertele Lilianei când veni vorba despre spălatul rufelor și curățenie. Linia trebuia trasă undeva.

După ce ieșiseră cu copiii în oraș de câteva ori, Victor și-a adunat curajul să o invite în oraș la o întâlnire, numai ei doi. Se oțelise să-i audă refuzul, iar când ea i-a acceptat invitația a fost complet șocat.

Evident că a înșfăcat șansa imediat, iar Leah și Axel au fost chemați să stea cu copiii. Îndrăzneala lui a uimit-o pe Liliana, ceea ce el a considerat că era un lucru excelent. Așa, cel puțin, nu-și mai putea găsi cuvintele pentru a-i contracara planurile.

Întâlnirea a mers destul de bine, conform standardelor sale. Alesese un restaurant bun, unde se puteau bucura de o cină de calitate, dar unde puteau și dansa și asculta muzică bună.

Cu toate acestea, Victor s-ar fi simțit și mai bine dacă ea nu s-ar fi supărat un pic la sfârșitul serii. El chiar nu înțelegea de ce Liliana s-a enervat atunci când el l-a intimidat pe individul acela.

Bărbatul doar văzuse că Liliana era cu Victor. Mai mult decât atât, Liliana îi refuzase bărbatului invitația la dans, dar el totuși a insistat.

Victor nu credea defel că reactionase exagerat. El pur și simplu și-a declarat intențiile. Acum trebuia doar să acționeze calm, cu răbdare, până ce obținea absolut totul. În fond, știa întotdeauna ce trebuie să facă pentru a obține ceea ce își dorea.

NOTĂ PRIVIND GRĂDINA MUZICALĂ DIN TORONTO

GRĂDINA MUZICALĂ DIN TORONTO a fost proiectată de către violoncelistul faimos pe plan internațional Yo-Yo Ma și designerul peisagistic Julie Moir Messervy, în colaborare cu departamentul Parcurilor și Recreării al Orașului Toronto. Grădina reprezintă o reflectare în peisaj a Suitei nr. 1 în G Major a lui Bach numai pentru violoncel, BWV 1007. Fiecare mișcare de dans din cadrul Suitei nr. 1 în G Major a lui Bach numai pentru violoncel, BWV 1007 corespunde diferitelor secțiuni ale grădinii:

PRELUDIU reprezintă un râu meandrat cu curbe și meandre. Prima mișcare a suitei melodiei descrie un râu care curge la vale. Bolovani de granit aduși de la marginea sudică a Scutului Canadian reprezintă patul unui pârâu, ale cărui maluri sunt îmblânzite de plante joase. Întregul ansamblu este încoronat cu o alee cu copaci din genul Hackberry (Celtis occidentalis), ale căror trunchiuri drepte sunt așezate la distanțe precise, sugerând măsuri ale melodiei.

ALLEMANDA reprezintă o pădure gen dumbravă cu cărări meandreate. Alemanda, un dans nemțesc vechi, este interpretat aici sub forma unei păduri de mesteacăn, cu zone variate unde se poate sta jos pentru contemplare, aceste zone regăsindu-se din ce în ce mai sus pe pantă. Panta culminează cu un punct de observație cu stânci de unde se poate admira portul printr-un cerc de copaci din genul Sequoia cu trunchiul roșu (Dawn Redwood).

CURANTA este descrisă printr-o cărare ce se învârte printr-un tăpșan cu flori sălbatice. Originar dintr-o formă de dans italienesc și franțuzesc, acest dans este interpretat aici ca un vârtej uriaș, îndreptat în sus, care trece printr-un câmp luxuriant de ierburi și plante perene în culori strălucitoare ce atrag păsările și fluturii. În partea de sus, un arminden se învârte în vânt.

SARABANDA este o dumbravă de conifere, plantate sub forma unui arc. Această mișcare se bazează pe o formă veche de dans spaniol, iar calitatea sa contemplativă este interpretată aici ca un cerc cu arcul îndreptat spre interior, închis de copaci din genul coniferelor. Piesa centrală a grădinii este o piatră uriașă ce funcționează ca scenă pentru citiri de poezie și proză și adăpostește și o mică suprafață de apă care în care se reflectă cerul.

MINUETE – REPREZENTATE de straturi de flori formale. Acest dans franțuzesc, contemporan lui Bach, reflectă simetria și geometria designului acestei mișcări. Un pavilion circular este proiectat să adăpostească mici ansambluri muzicale sau de dans.

GIGUE ESTE REFLECTAT în trepte create din ierburi uriașe care te conduc în pași de dans spre lumea exterioară. Gigue-ul sau "jog", este un dans englezesc. Melodia sa vioaie este interpretată ca o serie de trepte de ierburi gigantice ce oferă posibilitatea vizualizării portului. Treptele formează un amfiteatru curbat care privește spre o scenă de piatră așezată sub o salcie plângătoare. Tufișuri și plante perene formează brațe largi, care închid grădina ici colea, încadrând panorame ale portului.

Sursa: http://www.harbourfrontcentre.com/venues/torontomusicgarden/

BONUS – REȚETĂ PENTRU PRĂJITURA GRETA GARBO

Ingrediente

Pentru foi: 500 g făină, 2 ouă (opțional), 200 g margarină pentru copt, 1 linguriță de bicarbonat de sodiu stins cu o linguriță de oțet, puțină sare

Pentru umplutură: 200 grame nuci măcinate, 200 grame zahăr, gem de caise 400 sau 500 grame

Glazura: 200 grame zahăr, 3 lingurițe cacao, 3 lingurițe ulei, 4 lingurițe apă

Preparare

Se amestecă bine ingredientele pentru foi și se întind 4 foi.

Nucile măcinate se amestecă cu zahărul pentru umplutură și se pune deoparte.

Se unge o tavă cu margarină și se tapetează cu făină.

Se pune prima foaie în tavă, se întinde un strat subțire de gem peste ea și se presară cu nucile amestecate cu zahăr. Se face același lucru cu a doua și a treia foaie. Se plasează utima foaie peste ultimul strat de umplutură.

Se pune tava la cuptorul încălzit la temperatură medie (350F sau 190C). Se lasă în cuptor timp de 30 de minute. După ce s-a scos tava, se lasă să se răcească și se pregătește imediat glazura.

Se pun toate ingredientele pentru glazură într-un vas care se pune pe foc. Se amestecă aproape continuu cu o lingură de lemn. Când glazura începe să fiarbă, se continuă să se amestece timp de două minute. Se ia de pe foc și se întinde peste prăjitură imediat, folosind o lingură de lemn pentru a o întinde peste tot. Aceasta trebuie făcut rapid pentru că glazura se va întări.

Lăsați prăjitura în tavă peste noapte, iar dimineața, o puteți tăia după cum doriți: în pătrate, romburi sau felii.

Durată: 1 h

BIOGRAFIA AUTOAREI

NĂSCUTĂ ÎN EUROPA, în urmă cu ceva timp, scriitoarea a început să iubească cărțile de timpuriu. Următorul pas a fost ușor: scrisul a devenit atât vis cât și țel.

Îi place să scrie și să facă prăjituri – aceste două pasiuni se potrivesc. De asemenea, îi place să petreacă timp cu câinele ei – sau cel puțin marea parte a timpului, pentru că, de fapt, acesta este un drăcușor.

O călătorie în Scoția a făcut-o să-și dăruiască inima unei țări minunate și unor oameni extraordinari. De aceea a ales un detectiv scoțian pentru marea parte a romanelor sale polițiste.

CĂRȚI SCRISE DE ROXANA NĂSTASE

Nebunie pe Strada Privighetorii – Seria McNamara – Vol I

Mirosuri și Umbre – Seria McNamara – Vol II

Seria McNamara – Box set (Vol I și II)

Un Epitaf Potrivit

O Femeie Bisericoasă

ÎN CURÂND VA APĂREA:

Legături Relative – Seria McNamara – Vol III

Vă mulțumesc pentru că ați citit romanul **Un Imigrant**.

Dacă v-a plăcut, vă rog să le spuneți și prietenilor dumneavoastră sau să postați o recenzie scurtă. Cuvântul purtat din gură în gură este cel mai bun prieten al unui autor și este extrem de apreciat.

Vă mulțumesc,

Roxana Năstase.

Pentru a afla despre lansări noi de carte, vă rog să subscrieți la buletinul meu informativ de pe:

www.roxananastase.weebly.com.

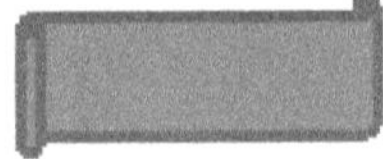

Don't miss out!

Visit the website below and you can sign up to receive emails whenever Roxana Nastase publishes a new book. There's no charge and no obligation.

https://books2read.com/r/B-A-QVJD-EVFS

BOOKS 2 READ

Connecting independent readers to independent writers.

Did you love *Un Imigrant*? Then you should read *Team building cu ponoase*[1] by Roxana Nastase!

[2]

Gabriel este nevoit să își reconstruiască echipa și, pentru prima dată, decide să o facă după reguli, dar nici nu își dă seama la ce va duce acțiunea lui.Organizează o excursie la munte, crezând că va avea succes, dar, în schimb, se trezește că se produc câteva crime, iar oamenii cred că el le-a comis.Acum e momentul ca Gabriel să arate ce caracter puternic are sau să piardă. Va reuși el oare să își spele păcatele până la urmă?Mister, dragoste și personaje interesante.

Read more at roxananastase.weebly.com.

---

1. https://books2read.com/u/b558x1

2. https://books2read.com/u/b558x1

About the Publisher

It is based in Toronto and brings to public various books: poems, novels, short-stories, children's books, language study books and non-fiction. It publishes the literary review: Scarlet Leaf Review: www.scarletleafreview.com

Our mission is to help emerging authors and poets to make their works known to the public.

Contact email address: scarletleafpublishinghouse@gmail.com

www.ingramcontent.com/pod-product-compliance
Lightning Source LLC
LaVergne TN
LVHW020710110826
845149LV00012B/2200

9781393568698